Manuela Kusterer

Die Tote, die noch lebt

Zweiter Fall

Bibliografische Information der Deutschen Nationalbibliothek: Die Deutsche Nationalbibliothek verzeichnet diese Publikation in der Deutschen Nationalbibliografie; detaillierte bibliografische Daten sind im Internet über http://dnb.dnb.de abrufbar.

© 2019 Manuela Kusterer
Alle Rechte vorbehalten
4. Auflage April 2024
Foto Umschlag: Adobe Stock
Covergestaltung: Peter Kusterer
Zeichnung: Gertrude Gebauer
Herstellung und Verlag: BoD – Books on Demand, Norderstedt
ISBN: 9783743196360

Autorin:

Manuela Kusterer, in Pforzheim geboren, Jahrgang 1964, lebt heute mit Mann und Hund zwischen Pforzheim und Karlsruhe. Sie hat zwei erwachsene Söhne. Inzwischen wurden acht Kriminalromane und vier "Liebes"romane der Autorin veröffentlicht. Wenn sie nicht gerade schreibt, lernt sie gerne Fremdsprachen und malt Aquarelle.

Besuchen Sie die Autorin im Internet:
www.manuelakusterer.com
oder in facebook: @autorinManuelaKusterer

Dieses Buch ist ein Kriminalroman. Handlungen und Personen sind frei erfunden. Ähnlichkeiten mit lebenden und toten Personen sind nicht gewollt und rein zufällig.

Das Buch:

In Schwarzenberg im Nordschwarzwald wird ein Mann in seinem Haus vergiftet aufgefunden. Die Aufklärung des Falles erweist sich als schwierig, weil eine wichtige Zeugin stirbt, bevor man sie vernehmen kann. Als sich dann auch noch das Polizeiteam aus Remchingen in einer seltsamen Angelegenheit an Hauptkommissarin Lea wendet, ist die Verwirrung vollkommen. Dazu kommen noch die privaten Probleme, die momentan jeder einzelne des Teams mit sich herumträgt. Als dann die Kollegen trotz Leas Warnung im Alleingang ermitteln, scheint das Ganze zu eskalieren.

Dieses Buch widme ich meinem Vater -
in Dankbarkeit

Montag

Schömberg

Oberkommissarin Katja Augenstein ging beschwingten Schrittes die dreihundert Meter bis zum Supermarkt. Das Polizeirevier befand sich in derselben Straße. Sie hatte Mittagspause und war gut gelaunt, denn das Wetter zeigte sich heute von seiner besten Seite. Es war ein herrlicher Frühsommertag. Die Sonne schien und es hatte angenehme zwanzig Grad. Die Polizeibeamtin liebte diese Jahreszeit.

Momentan gab es keine schweren Verbrechen, nur kleinere Anzeigen und Diebstähle, was wollte man mehr. Ihr lagen noch die letzten beiden Fälle vom Februar dieses Jahres schwer im Magen. Sie war einfach nicht geschaffen für den Polizeiberuf. Das hatte sie leider zu spät bemerkt.

Aber was soll's, hier in Schömberg passierte glücklicherweise nicht allzu viel und sie fühlte sich im Moment sehr wohl mit ihren Kollegen. Ihre aussichtslose Schwärmerei für Alexander Wandhoff hatte sich komplett gelegt, darüber war sie froh. Außerdem verstand sie sich gut mit ihrem Kollegen Rudolf Engel, der gerne eine Beziehung mit ihr anfangen würde, aber akzeptierte, dass sie nicht zu mehr bereit war, als zu einer guten Freundschaft mit ihm. Sie waren in letzter Zeit oft zusammen essen gewesen oder abends gemeinsam auf einen Drink unterwegs.

Sie hatte eine schöne Wohnung in der Pforzheimer Innenstadt gemietet und war glücklich.

»So kann es ewig bleiben«, murmelte sie vor sich hin.

Katja wollte gerade den Supermarkt betreten, um etwas fürs zweite Frühstück einzukaufen, als sie vom Klingeln des Handys aus ihren Gedanken gerissen wurde. Da sie sah, dass es ein Anruf aus dem Polizeirevier war, nahm sie das Gespräch entgegen. »Hallo.«

»Katja, komm bitte gleich zurück. Wir haben gerade einen Anruf bekommen. Ein Toter in Schwarzenberg«, schallte ihr die Stimme von Rudi entgegen.

In Katjas Kopf schlug es Purzelbäume. Das konnte nicht wahr sein. Bis eben war die Welt doch noch in Ordnung gewesen. Aber es half alles nichts, sie musste zurück auf ihre Dienststelle, und zwar auf dem schnellsten Weg.

Als sie im Revier ankam, kam ihr Hauptkommissarin Lea Sonntag, ihre Chefin schon aufgeregt entgegen. Katja seufzte leise vor sich hin. Eigentlich war Lea zu ihren Kollegen immer freundlich und gerecht, außer zu Alex. Die beiden waren selten einer Meinung und gerieten manchmal in einen regelrechten Streit und das meistens nur wegen Kleinigkeiten.

Im Februar war ein Zahnarzt aus Offenbach in Schömberg tot aufgefunden worden. Als Alex zu diesem Zeitpunkt eine Beziehung mit Andrea Luz einging, konnte er nicht wissen, dass sie dafür verantwortlich war. Nach der Aufklärung des Falles war Lea mit Alex etwas trinken gegangen, weil sie sich Sorgen um ihn gemacht hatte. Darüber waren alle erstaunt gewesen. Aber gerade deswegen hofften sie, dass diese ewigen Streitigkeiten nun aufhören würden. Nur leider war das Gegenteil der Fall. Zudem hatte Lea, nachdem sie ihre Beziehung mit dem Gerichtsmediziner Hans-Peter Balbach beendet hatte, schlechte Laune und tiefe Schatten unter den Augen. Balbach wollte nicht akzeptieren, dass der Beruf für seine Freundin das Wichtigste war. Lea wurde im Februar zur

Kriminalinspektiosleiterin befördert und nach Schömberg versetzt.

Ihrem Kollegen Alex gefiel das überhaupt nicht, denn er hatte selbst auf diese Beförderung gehofft. Seine Laune war dementsprechend nicht besser und das trübte die normalerweise gute Stimmung im Polizeirevier doch erheblich.

Da Alex aber seit einer Woche in Urlaub auf Gran Canaria weilte, war das Betriebsklima im Moment entspannt.

Allerdings kam nun etwas Hektik auf, weil Saskia, die Sekretärin ausgerechnet heute frei hatte, um einen Arzttermin wahrzunehmen.

Das Problem war, dass immer eine Person im Polizeirevier bleiben sollte. Deshalb sagte Lea zu Katja: »Dir ist es doch sicherlich recht, wenn du hierbleiben kannst, ich fahre jetzt mit Rudi nach Schwarzenberg.«

Die Kollegen wussten alle, dass Katja nicht gut damit zurechtkam, sich Leichen am Tatort anzusehen und versuchten deshalb, wenn es möglich war, ihr das zu ersparen. Sie nickte auch sofort.

»Kein Problem, einer muss ja hier bleiben.«

Sie dankte Saskia insgeheim dafür, dass sie heute diesen Termin ausgemacht hatte.

Als Rudi beim Hinausgehen an Katja vorbeiging, legte er ihr die Hand auf die Schulter.

»Jetzt entspann dich erstmal ein bisschen, bevor der große Stress losgeht.« Er hatte immer die Ruhe weg.

Nachdem Rudi und Lea das Revier verlassen hatten, setzte sich Katja auf das kleine Sofa, vor dem Verhörraum und atmete ein paar Mal tief ein und aus.

...

Rudi fuhr auf der Bad Liebenzeller Straße durch Schömberg Richtung Bad Liebenzell. Lea saß auf dem Beifahrersitz von Rudis inzwischen schon etwas älterem Audi. Die beiden sprachen nicht viel miteinander.

Lea betrachtete gedankenverloren rechts und links die zahlreichen Wiesen. Das satte Grün wurde stellenweise von wild wuchernden, bunten Feld- und Wiesenblumen unterbrochen. Die Sonne schien und es war herrliches Wetter.

Nach einem Kilometer änderte sich das Landschaftsbild. Sie fuhren eine kurze Strecke durch ein Waldstück und bogen dann im Wald links Richtung Schwarzenberg ab.

Lea unterbrach die Stille: »Wenn man diese Idylle hier sieht, kann man sich kaum vorstellen, dass Menschen sich einfach gegenseitig umbringen. Aber wie sagt Alex immer so schön, das Leben ist kein Ponyhof.«

Rudi grinste nur, denn normalerweise gab seine Kollegin nicht allzu viel auf das, was Hauptkommissar Alexander Wandhoff sagte.

Inzwischen waren sie am Ende von Schwarzenberg im Eulenweg angekommen.

Lea sah das Auto von Hans-Peter Balbach vor dem Haus des Toten stehen und seufzte tief. Hätte nicht wenigstens heute ein anderer Gerichtsmediziner kommen können? Ein unbehagliches Gefühl breitete sich in ihr aus, denn das war das erste Zusammentreffen mit ihm seit ihrer Trennung.

Lea hatte im Winter vorgehabt, mit Hans-Peter in den Urlaub zu fliegen, als in Schömberg eine Leiche gefunden und kurz danach eine Frau entführt wurde. Sie entschied sich aber zu diesem Zeitpunkt für ihre Arbeit und ihr Freund war deshalb alleine in den Urlaub geflogen. Nach seiner Rückkehr stellte er sie vor die Entscheidung, entweder mit ihm zusammenzuziehen oder die Beziehung zu beenden. Lea, die gerne in Schömberg wohnte, ihre Wohnung liebte und nicht zu Hans-Peter nach Karlsruhe ziehen wollte, entschied sich für den Beruf.

Schwarzenberg

Als Lea mit ihrem Kollegen Rudi das Wohnzimmer betrat, in dem der Tote auf dem Fußboden lag, hob Balbach den Kopf und streifte vor allem Lea nur mit einem kurzen Blick. Er murmelte ein herausgepresstes ‚Hallo' und fing sogleich, an Rudi gewandt, mit seinem Bericht an:»Also, das ist Heinz Weiß, 71 Jahre alt. Da er überall Einblutungen hat - das sieht man auch an den Schleimhäuten - deutet alles auf eine Vergiftung hin. Ich tippe auf Cumarin. Das kommt natürlicherweise in Steinklee vor, aber die chemischen Abkömmlinge - Cumarinderivate, die in Rodentizide enthalten sind - werden vor allem zur Bekämpfung von Schadnagern eingesetzt. Die ältere Generation des Rattengiftes wirkt innerhalb vierzehn Stunden. Genaueres kann ich Ihnen erst nach der Obduktion mitteilen. Den genauen Todeszeitpunkt kann ich noch nicht bestimmen. Aber wahrscheinlich irgendwann gestern im Laufe des Nachmittags. Die Spurensicherung ist gerade dabei in der Küche Lebensmittelreste zu sichern, um sie auf Gift zu untersuchen.« Das alles ratterte Hans-Peter brummig vor sich hin. Man war aber eigentlich von ihm auch nichts anderes gewöhnt. Nur in den paar Wochen, als er mit Lea zusammen war, hatte er meistens gute Laune gehabt. Diese war inzwischen ganz blass geworden.

»Ach ja, und das ist der Sohn Georg Weiß.« Hans-Peter deutete in die andere Ecke des unordentlichen Wohnzimmers.

Lea und Rudi schauten in die angezeigte Richtung und gingen auf Herrn Weiß zu. Sie hatten den Mann zuvor nicht bemerkt. Er stand teilnahmslos da und starrte ihnen mit leerem Gesichtsausdruck entgegen.

»Guten Tag Herr Weiß. Mein Name ist Lea Sonntag, Kripo Schömberg und das ist mein Kollege Rudolf Engel«, stellte Lea sich und Rudi vor.

»Herzliches Beileid! Ich weiß, dass Sie im Moment wahrscheinlich keinen klaren Gedanken fassen können, trotzdem wäre es sehr wichtig, wenn Sie uns ein paar Fragen beantworten könnten«, fuhr Lea fort.

»Wie bitte? Natürlich.« Georg fasste sich, »bitte nehmen Sie doch Platz.« Er deutete auf die alte braune Eck-Ledercouch, die auf der anderen Seite des Zimmers stand.

Sie kamen der Aufforderung nach und setzten sich. Georg nahm auf dem kurzen Teil des Sofas Platz.

»Wohnen Sie hier mit ihrem Vater zusammen?« Lea sah ihn fragend an.

»Nein, ich wohne in Schömberg. Sein Pfleger hat ihn heute morgen tot aufgefunden und mich dann natürlich sofort angerufen.«

»Wann haben Sie Ihren Vater zuletzt lebend gesehen?«, fuhr Rudi mit der Befragung fort.

Georg kratzte sich nachdenklich am Kopf, bevor er antwortete: »Das war vor ungefähr zwei Wochen. Viel Kontakt hatten wir leider nicht. Unser Verhältnis war nicht das Beste.«

»Gibt es dafür einen Grund?«

»Er hat meine Mutter nicht gut behandelt. Sie hat ihn dann vor drei Jahren verlassen«, antwortete Georg zögerlich, »aber trotzdem, oder gerade deshalb habe ich regelmäßig so alle zwei bis drei Wochen nach ihm geschaut. Ich hab es ja nicht weit, in fünf Minuten bin ich hier.«

»Hat er Ihre Mutter geschlagen?«, wollte Lea wissen.

»Ja, ziemlich oft und brutal«, antwortete er leise, »sie hat es dann nicht mehr ausgehalten und ist eines Nachts einfach zu einer Freundin gegangen und kurz danach hat sie sich eine Wohnung in Karlsruhe genommen.«

»Wohnt sie da heute noch?«

»Ja.«

»Hat Ihr Vater Sie auch geschlagen?«, mischte sich Rudi ein.

»Nein, ich habe es auch nie gesehen, wenn er meine Mutter schlug. Er achtete immer darauf, dass ich das nicht mit ansehen musste. Aber es war für mich schlimm genug, wenn ich sie dann mit Prellungen und blauen Augen gesehen habe. Deshalb liebte ich meinen Vater auch nicht gerade. Aber trotzdem geht sein Tod, vor allem die Tatsache, dass er ermordet wurde, mir sehr nahe.«

»Das kann ich verstehen«, äußerte sich Lea.

»Hatte Ihr Vater Feinde?«

»Nein, er hatte nur wenig Kontakte. Vor einigen Wochen stürzte er und hatte sich dabei einen Oberschenkelhalsbruch zugezogen. Da er nach der Operation nicht in eine Reha gehen wollte, kam seit ungefähr fünf Wochen zweimal am Tag Richard Berger, sein Pfleger, zu ihm ins Haus, um ihm beim An- und Auskleiden zu helfen.«

»Und wer hat für ihn gekocht?«

»Ach so, ja, die Nachbarin. Frau Schiller hat das übernommen und ich habe für ihn alle zwei Wochen einen Großeinkauf gemacht. Frühstück und Abendessen konnte er sich alleine zubereiten.«

»Gut, dann bräuchten wir jetzt die Adresse Ihrer Mutter und die des Pflegers. Die Nachbarin werden wir ja selbst finden. Ist es das Haus rechts oder links?« Lea stand auf und Georg holte einen Zettel und einen Kugelschreiber, um die Adresse seiner Mutter und die des Pflegers, der ebenfalls in Schwarzenberg wohnte, aufzuschreiben.

»Frau Schiller wohnt, wenn Sie rausgehen, gleich links«, antwortete er auf die Frage der Hauptkommissarin.

Rudi erhob sich ebenfalls und folgte seiner Kollegin und Herrn Weiß, der die beiden zum Ausgang begleitete.

Lea sah sich suchend um, aber Hans-Peter hatte stillschweigend den Tatort verlassen. Ein Gefühl der Traurigkeit breitete sich in ihr aus.

Die Spurensicherung hatte ihre Arbeit noch nicht beendet. Rudi und Lea verabschiedeten sich im Vorbeigehen von den Kollegen, aber diese waren so in ihre Aufgabe vertieft, dass sie das überhaupt nicht bemerkten.

Gran Canaria

Alex lag am hoteleigenen Strand und grübelte. Er war in einem Gebäude untergekommen, das mit seinen hundert Betten nicht so groß war, wie die meisten anderen.

Er hatte es sich etwas abseits unter einer Palme bequem gemacht. Normalerweise liebte er es, seinen Urlaub allein auf den Kanarischen Inseln zu verbringen, vor allem, wenn er zuvor einen schwierigen Fall gelöst hatte. Aber dieses Mal kam er nicht zur Ruhe. Die kurze Beziehung mit Andrea hatte ihn doch ganz schön aus der Bahn geworfen. Er war an einem Punkt angekommen, an dem er das Singledasein satthatte. Er war richtig verliebt in die hübsche Frau gewesen. Als sich dann herausstellte, dass sie den in Schömberg tot aufgefundenen Mann aus Notwehr getötet hatte, war er aus allen Wolken gefallen. Andreas Strafe wurde zwar zur Bewährung ausgesetzt, aber die Beziehung war noch nicht so gefestigt gewesen, dass sie das ausgehalten hätte. Außerdem hatte sie ihm das alles verschwiegen, als er sich auf sie eingelassen hatte. Damit kam er nicht klar. Vor allem hatte es ihn zutiefst verletzt, dass sie so wenig Vertrauen zu ihm gehabt hatte. Wenn sie

sich ihm anvertraut hätte, wäre das eine Chance für die Beziehung gewesen. Aber so nicht.
Dann war da noch die Sache mit Lea.
»Schluss jetzt«, rief er sich laut zur Vernunft. Ich will mir ja hier nicht den ganzen Urlaub vermiesen.
Mal schauen, ob die nette Sibylle vielleicht Lust hat, mit mir einen Kaffee zu trinken, überlegte er sich, stand auf und schlenderte zurück ins Hotel.

Er hatte gestern an der Bar ein paar Worte mit ihr gewechselt. Da sie mit ihren vierunddreißig Jahren nur wenig jünger, als er war und ebenfalls ihren Urlaub hier alleine verbrachte, hatte sich das angeboten.

Remchingen

Gabriele Richter saß mit geschlossenen Augen auf dem Sofa und grübelte vor sich hin.
Sie müsste unbedingt nach ihrer Mutter schauen. Diese wohnte in Wilferdingen - einem der vier Ortsteile von Remchingen - und wurde immer nervös, wenn sie länger als zwei Tage nichts von ihrer Tochter gehört hatte. Außerdem bestand sie darauf, zumindest ihre Enkelkinder, Raphael und Selina, mindestens zweimal in der Woche zu sehen. Es war ja wirklich nicht weit.

Gabriele, die von allen Gabi genannt wurde, hatte mit ihrer Familie ein Haus in Singen und benötigte nur fünf Minuten, um zu ihr zu gelangen, da beides Ortsteile von Remchingen waren, einem beschaulichen Ort zwischen Karlsruhe und Pforzheim.

Gabi war gerade von der Arbeit nach Hause gekommen und wollte sich ein paar Minuten ausruhen, bevor die Kinder von der Schule kamen und der Trubel losging. Sie arbeitete in einer kleinen Bäckerei in Karlsruhe, die einer Freundin von ihr gehörte. Das bereitete ihr viel Freude. Nur die ständige Bahnfahrerei ging ihr auf die Nerven. Die Fahrt dauert eine halbe Stunde dorthin.

Schneller wäre sie mit dem Auto auch nicht dort und es bestand die Gefahr, in einen Stau zu geraten. Deshalb ließ sie den Wagen meistens stehen.

Ihre Kinder waren mit ihren sechs und neun Jahren zwar nicht mehr so klein, trotzdem brauchte sie vor allem für Selina viel Zeit. Diese war in der ersten Klasse und hatte von Anfang an keine Lust gehabt, in die Schule zu gehen. Ein Junge war an ihr verloren gegangen. Sie konnte bei den Hausaufgaben nicht lange ruhig am Schreibtisch sitzen bleiben und war ein richtiger Wildfang. Wenn sie den Nachmittag mit ihren Freunden draußen verbracht hatte, kam sie oft mit kleineren Verletzungen nach Hause. Zum Glück war Raphael mit seinen neun Jahren dafür schon sehr vernünftig. Von ihrem Mann Robert konnte Gabi nicht viel Unterstützung erwarten, da dieser meistens erst spät abends von der Arbeit nach Hause kam. Er arbeitete in einer Computerfirma und vergaß dort oft die Zeit, wenn es viel zu tun gab.

Gabi sprang entschlossen auf, um zunächst einen Spaziergang mit ihrem Hund Max zu machen und stolperte sogleich über ihn. Er hatte

sich vor ihre Füße gelegt und wartete geduldig, bis sein Frauchen bereit war, mit ihm Gassi zu gehen. Sie fluchte laut vor sich hin.
Der helle Labrador hatte aber auch fast die gleiche Farbe wie der Parkettboden. Er nahm es ihr allerdings nicht übel und sprang freudig bellend um sie herum. Gabi griff nach der Hundeleine, die an einem Haken neben der Eingangstür hing, und verließ mit Max das Haus. Sie wohnten unten im Ort, deshalb blieb ihr nichts anderes übrig, als zuerst den langen Berg hinaufzulaufen, um auf die Felder zu gelangen. Aber so hatte sie wenigstens täglich ihre Bewegung und rostete nicht ein. Außerdem konnte sie nirgends so gut abschalten wie beim Spaziergang mit dem Hund. Heute war es ein herrlicher Frühsommertag.

Oben am Feld angekommen, ließ sie Max von der Leine. Auf ihn konnte sie sich verlassen, er hörte aufs Wort. Gabi schmiedete beim Laufen gerne Pläne oder machte sich Gedanken, was sie in den nächsten Tagen alles kochen würde. Sie beschloss, sich heute um ihren Haushalt zu kümmern. Und morgen würde sie dann mit den Kindern ihre Mutter besuchen.

Schömberg

Das Polizeiteam hatte sich im Besprechungszimmer versammelt, um den Fall und die weitere Vorgehensweise zu besprechen.

Lea erhob sich von ihrem Stuhl und stellte sich vor die Magnettafel, die sich an der Stirnseite des nicht allzu großen Zimmers befand. Sie befestigte dort ein Foto des Opfers.

»Viel haben wir noch nicht. Das ist Heinz Weiß aus Schwarzenberg, 71 Jahre alt.« Sie räusperte sich, nahm einen für die Tafel geeigneten Stift in die Hand und schrieb die Namen der bisher bekannten Personen um das Bild herum.

»Da ist zunächst sein Sohn Georg Weiß, Angelika Schneider, seine geschiedene Frau aus Karlsruhe, die Nachbarin Petra Schiller und der Pfleger Richard Berger. Dann haben wir inzwischen die Auswertung der Telefongespräche vom Festnetz. Das ging dieses Mal schnell. Ein Handy besaß er nicht. Und einen Computer hatte er ebenfalls nicht. Herr Weiß telefonierte regelmäßig mit einem Erich Eckhard, der hier in Schömberg gemeldet ist. Dann hatte er ab und zu ein Telefongespräch mit seiner Ex-Frau. Das letzte Mal vor zwei Tagen. Und natürlich mit seinem Sohn.

Sonst war da nichts«, beendete Lea den Bericht und setzte sich wieder hin, um ihren Kaffee zu trinken. Ohne Koffein war mit ihr nicht allzu viel anzufangen.

Sie fuhr an Katja gewandt fort: »Ich würde sagen, dass wir zwei jetzt nach Karlsruhe zu der Ex-Frau fahren. Rudi, du kümmerst dich um die Nachbarin, die vorhin leider nicht zu Hause war, und um den Pfleger«, Lea schaute auf ihre Armbanduhr, »jetzt ist es 15 Uhr, das müsste also heute alles noch zu schaffen sein. Wir hängen hier ein Schild auf, dass das Polizeirevier im Moment nicht besetzt ist. Saskia hat sich heute ja leider freigenommen.« Die Hauptkommissarin seufzte.

»Und Alex lässt es sich gut gehen auf Gran Canaria«, warf Rudi in den Raum.

»Schöne Grüße soll ich euch ausrichten. Er hat mir vorhin eine WhatsApp geschickt. Es geht ihm gut, es ist nur ein bisschen langweilig. Überwiegend sind um diese Jahreszeit Rentnerehepaare mit ihren Enkelkindern dort. Aber immerhin hat er eine nette Frau in seinem Alter kennengelernt. Sie heißt Sibylle und wohnt in Stuttgart. Vielleicht wird da ja was draus.«

»Das sei ihm gegönnt nach der Pleite mit Andrea im Februar«, meinte Katja freudig.

Rudi sah sie erstaunt an. Sie scheint ihre Schwärmerei für Alex ja überwunden zu haben, dachte er sich. Darüber war er froh, weil er doch selbst unsterblich in Katja verliebt war.

Lea hatte sich in der Zwischenzeit erhoben, schnappte ihre Tasche und sagte auf dem Weg zur Tür etwas kurz angebunden: »Auf, Katja, lass uns endlich gehen, wir haben ja nicht ewig Zeit.« Und schon fiel die Eingangstür hinter ihr ins Schloss.

Rudi sah seine Kollegin verständnislos an und Katja meinte kopfschüttelnd: »Hat die heute wieder eine Laune.«

Sie beeilte sich, ihr hinterherzukommen.

Karlsruhe

Als Lea und Katja an dem Mehrfamilienhaus in der Innenstadt ankamen, in dem Angelika Schneider wohnte, sahen sie schon von Weitem einen Rettungswagen und einige Schaulustige stehen. Ein Streifenwagen der Karlsruher Polizei kam auch gerade angefahren. Lea ging auf die Kollegen zu und fragte: »Was ist hier passiert?«

»Darüber dürfen wir Ihnen keine Auskunft geben«, antwortete einer der beiden Polizeibeamten.

Lea hielt ihm ihren Ausweis hin. »Lea Sonntag, Kripo Schömberg.«

»Das ist natürlich etwas anderes. Eine anonyme Anruferin hatte den Rettungswagen gerufen, weil hier im Haus eine Frau einen Herzinfarkt erlitten hat. Sie behauptete, dass Frau Schneider - so heißt die Frau - schon tot sei. Nachdem sie die Adresse genannt hatte, legte sie auf, bevor die Angestellte der Notrufzentrale noch etwas fragen konnte. Angerufen wurde vom Festnetztelefon der Verstorbenen. Mehr wissen wir auch noch nicht.«

»Wir ermitteln gerade an einem Mord in Schwarzenberg und wollten dazu Frau Schneider befragen. Ihr geschiedener Ehemann wurde vergiftet. Dann werden wir Sie jetzt in die Wohnung begleiten. Das ist meine Kollegin Katja Augenstein.« Lea deutete auf sie.

»Gut, dann schauen wir mal, was da los ist.« Sie gingen gemeinsam in den zweiten Stock des Hauses, in dem sich die Wohnung der Verstorbenen befand.

Die Sanitäter und der Notarzt warteten nur noch auf die Polizisten, denn hier konnten sie nichts mehr tun. Sie hatten bei der Polizei wegen des anonymen Anrufes und weil sie niemand in der Wohnung vorgefunden hatten, angerufen. Die Eingangstür war nur angelehnt gewesen, so dass sie problemlos eintreten konnten.

Nachdem sie sich vorgestellt hatten, fragte Lea den Notarzt nach der Todesursache.

»So, wie es bis jetzt aussieht, ist Frau Schneider eines natürlichen Todes gestorben. Sie hatte wahrscheinlich einen Herzinfarkt.«

»Hmm, das ist ja seltsam, in dem Moment, wo wir eine Angehörige des Mordopfers befragen wollen, stirbt sie kurz vorher«, murmelte Lea nachdenklich vor sich hin.

»Also, ich müsste weiter zum nächsten Notfall«, meinte nun der Arzt.

»Natürlich, kein Problem. Auf Wiedersehen.«

»Tschüss.«

Lea drehte sich wieder zu den Karlsruher Kollegen um. »Zunächst muss die Spurensicherung kommen und die Leiche muss abgeholt und obduziert werden. Wir können nicht ausschließen, dass Angelika Schneider etwas mit dem Tod ihres Ex-Mannes zu tun hat. Außerdem müssen wir wissen, ob sie wirklich an einem Herzinfarkt gestorben ist. Da uns der Sohn bekannt ist und er sowieso in Schömberg wohnt, werden wir ihn umgehend benachrichtigen. Das war's dann erstmal von unserer Seite.«

Katja und Lea verabschiedeten sich von den Kollegen. Diese schauten den beiden etwas betreten hinterher.

Auf dem Weg zum Auto schüttelte Katja ungläubig den Kopf. »Es gibt schon merkwürdige Zufälle.«

Schwarzenberg

Rudi bog, nachdem er sich entschlossen hatte, zu schauen, ob der Pfleger von Heinz Weiß zu Hause ist, in Schwarzenberg rechts in die Münchnerstraße ein. Er hatte Glück. Dieser war gerade angekommen und im Begriff die Haustür seines kleinen Einfamilienhauses aufschließen.

Rudi parkte sein Auto direkt vor dem gekiesten Weg, der zum Eingang führte, und sprach den Mann während des Aussteigens an.

»Herr Berger, bitte warten Sie einen Moment. Mein Name ist Rudolf Engel, Kripo Schömberg, ich hätte ein paar Fragen an Sie.«

Richard Berger drehte sich um und wartete, bis Rudi ihn erreicht hatte. Nach kurzem Zögern bat er ihn ins Haus.

»Setzen Sie sich doch«, er deutete auf einen Stuhl am Esstisch, »was kann ich für Sie tun? Möchten Sie etwas trinken?«

Rudi lehnte dankend ab. »Wie Sie sich sicher denken können, komme ich wegen dem Mord an Herrn Weiß.«

»Ja, schrecklich. Sein Sohn hat mich natürlich gleich benachrichtigt. Weiß man denn schon irgendetwas?«

»Nein, es ist noch zu früh, um Genaueres zu sagen. Ist Ihnen in den letzten Tagen irgendetwas Ungewöhnliches an Herrn Weiß aufgefallen? Hatte er vielleicht Besuch, als Sie dort waren und ihn versorgt haben?«

»Nein, überhaupt nicht. Es war alles wie immer. Herr Weiß redete nie viel, er war auch gestern Morgen so brummig wie immer.«

»Und gestern Abend?«

»Da war ich nicht bei ihm und am Samstagabend ebenfalls nicht.«

»Hatte es einen bestimmten Grund, dass Sie nicht bei ihm waren?« Fragend schaute Rudi sein Gegenüber an.

»Ja, Herr Weiß sagte am Samstagmorgen zu mir, dass ich an diesem Wochenende abends nicht kommen bräuchte, weil seine Ex-Frau da wäre und sich um ihn kümmern würde. Anscheinend haben die beiden sich in letzter Zeit ganz gut verstanden und sie kam, gerade jetzt nach seinem Sturz, öfter zu Besuch, um ihm zu helfen.«

»So? Das hat sein Sohn überhaupt nicht erwähnt.«

»Ich glaube auch nicht, dass er das gewusst hat.«

»Wie kommen Sie zu der Annahme?«

»Ich habe gehört, wie Frau Schneider erwähnte, dass Georg das aber nicht erfahren muss.«

»Frau Schneider?«

»Ja, sie hat wieder ihren Mädchennamen angenommen.«

»Ach so. Gut, das war´s dann erstmal. Wenn Ihnen aber noch irgendetwas einfallen sollte, melden Sie sich bitte. Jede Kleinigkeit kann wichtig sein.« Rudi reichte Herrn Berger seine Visitenkarte.

»Ja, natürlich, das mache ich.«

Richard Berger begleitete den Polizeibeamten zur Tür.

Rudi fuhr gedankenverloren zum Eulenweg, um die Nachbarin von Heinz Weiß zu befragen. Heute schien sein Glückstag zu sein, Petra Schiller war inzwischen auch zu Hause.

Nachdem er sich vorgestellt hatte, bat sie ihn herein und sie setzten sich im Wohnzimmer aufs Sofa.

»Wie Sie sich ja denken können, habe ich ein paar Fragen in Bezug auf den Tod ihres Nachbarn«, begann Rudi das Gespräch.

»Ja, natürlich, ich bin immer noch total geschockt, vor allem, weil ich für ihn gekocht habe. Sein Sohn sagte zu mir, dass er vergiftet wurde. Da wird ja wohl zuerst der Verdacht auf mich fallen.« Verunsichert sah Frau Schiller ihn an.

»Da kann ich Sie zunächst beruhigen. Davon gehen wir nicht aus. Natürlich werden die ganzen Essensreste untersucht, aber das Gift kann jeder daruntergemischt haben.«

Petra Schiller atmete erleichtert auf.

»Ich würde gerne wissen, ob Ihnen in den letzten Tagen, Herrn Weiß betreffend, irgendetwas aufgefallen ist? Zum Beispiel, ob er Besuch hatte?«

»Tagsüber arbeite ich und bekomme hier nichts mit. Mit meinen fünfzig Jahren habe ich noch ein paar Jahre vor mir. Allein schon wegen der Rente, denn ich bin alleinstehend und darauf angewiesen. Ich bin nicht weit von hier in einer kleinen Buchhandlung angestellt.«

Rudi unterbrach den Redeschwall nicht und Petra fuhr fort: »Aber am Sonntag, da lebte Herr Weiß noch, habe ich das gute Wetter ausgenutzt und im Garten gearbeitet. Ungefähr um 13:00

Uhr kam dann Frau Weiß, ich meine Frau Schneider - sie hat ja ihren Mädchennamen wieder angenommen -, die geschiedene Frau von Herrn Weiß. Ich denke, dass sie ihm etwas im Haushalt helfen wollte. Sie ist so eine gutmütige Frau. Trotz dem, was der Mann ihr alles angetan hat, kümmerte sie sich nach seinem Sturz wieder um ihn. Wir haben uns kurz unterhalten. Wann sie dann gegangen ist, weiß ich nicht. Am Samstag war sie auch bei ihm gewesen, allerdings erst am späten Nachmittag. Etwas Ungewöhnliches ist mir nicht aufgefallen.«

Rudi hatte aufmerksam zugehört. »Was hat Herr Weiß denn seiner Frau angetan?«

»Sie ist ständig mit blauen Flecken und Blutergüssen rumgelaufen und jeder hier im Ort wusste, dass sie von ihrem Mann geschlagen wurde.«

»Vielen Dank Frau Schiller, das war es dann fürs Erste. Wenn Ihnen noch irgendetwas einfällt, rufen sie mich bitte an.« Mit diesen Worten erhob sich Rudi und gab Petra seine Visitenkarte.

Sie begleitete ihn zur Tür und meinte seufzend: »Da denkt man immer, so etwas gibt es nur im

Fernsehen und plötzlich passiert es direkt nebenan.«

»Ja, leider kann das überall vorkommen. Auf Wiedersehen Frau Schiller.«

»Auf Wiedersehen Herr Engel.«

Schömberg

Während der Fahrt von Karlsruhe nach Schömberg telefonierte Lea mit Rudi und berichtete über das soeben Erfahrene.

Nachdem sie am Revier angekommen waren, ließ sie ihre Kollegin aussteigen und fuhr direkt weiter zu Georg Weiß. Lea hatte die schwere Aufgabe, ihn über den Tod seiner Mutter zu informieren. Katja musste noch liegengebliebene Schreibarbeiten erledigen.

Lea parkte direkt vor dem Zweifamilienhaus in der Brunnenstraße. Georg hatte dort die Wohnung im zweiten Stock gemietet. Seine Vermieterin, eine ältere Frau, wohnte unten.

Nachdem die Hauptkommissarin geklingelt hatte, musste sie eine Weile warten, schließlich öffnete Herr Weiß aber doch die Tür. Er sah sie etwas überrascht an, bat sie jedoch herein.

Im zweiten Stock angekommen, folgte Lea ihm ins Wohnzimmer und setzte sich, nachdem Georg ihr angeboten hatte Platz zu nehmen, auf die Couch aus schwarzem Leder.

»Darf ich Ihnen etwas anbieten?«
Lea lehnte dankend ab.

»Herr Weiß, ich habe leider keine guten Nachrichten. Setzen Sie sich doch bitte.«

Georg sah die Hauptkommissarin fragend an und kam der Aufforderung nach.

»Es tut mir furchtbar leid, aber ich muss Ihnen mitteilen, dass Ihre Mutter heute in Karlsruhe verstorben ist.«

Georg musterte Lea, als ob sie den Verstand verloren hätte. »Das kann nicht sein.«
Mehr brachte er nicht heraus.

»Meine Kollegin und ich waren dort, um mit ihr über den Tod Ihres Vaters zu sprechen, aber als wir ankamen, war sie schon tot. Die Todesursache war anscheinend ein Herzinfarkt.«

Lea machte eine kurze Pause, bis Georg sich wieder etwas gefasst hatte, bevor sie weitersprach. »Ihre Mutter ist also eines natürlichen Todes gestorben. Trotzdem werden wir das noch genauer untersuchen. Sie können natürlich jederzeit mit dem Notarzt sprechen, der vor Ort war.«

Lea legte die Telefonnummer des Arztes vor ihm auf den niedrigen Glastisch. Georg saß wie betäubt da und sagte gar nichts. Nachdem er sich etwas beruhigt hatte, fragte er leise: »Warum wird das dann noch genauer untersucht, wenn doch klar ist, dass sie an einem Herzinfarkt gestorben ist?«

»Weil der Umstand, wie der Rettungswagen gerufen wurde, etwas seltsam war. Eine anonyme Anruferin hat von dem Telefon ihrer Mutter angerufen und verschwand danach spurlos. Die Wohnungstür war nur angelehnt, so dass die Rettungskräfte sofort in die Wohnung kommen konnten. Die Spurensicherung hat aber inzwischen schon alles genaustens untersucht. Wir müssen die Ergebnisse abwarten.«

Georg hatte fassungslos zugehört. »Kann ich sie sehen«, flüsterte er.

»Natürlich, rufen Sie diese Telefonnummer an«, Lea deutete auf die Visitenkarte, »der Arzt wird Ihnen alles Weitere sagen.« Sie erhob sich.

»Kann ich noch irgendetwas für Sie tun? Brauchen Sie vielleicht psychologische Unterstützung?«

»Nein, ich muss jetzt erst mal alleine sein und das Ganze verarbeiten.«

»Das kann ich verstehen.« Lea legte ihre Hand auf Georgs Arm und sagte zum Abschied mitfühlend: »Sagen Sie bitte Bescheid, wenn Sie Hilfe brauchen.« Sie empfand tiefes Mitgefühl für den

Mann. Innerhalb von zwei Tagen die Eltern zu verlieren, ist ja furchtbar, dachte sie, während sie zum Auto ging.

Nachdem Lea sich überlegt hatte, gleich nach Hause zu gehen, rief sie im Revier an, um ihren Kollegen zu sagen, dass sie für heute Schluss machen konnten. Es war schon 19:00 Uhr und sie hatte seit dem Frühstück nichts mehr gegessen. Sie merkte erst jetzt, wie erschöpft und hungrig sie war.

»Wie blöd, dass ich mein Auto nicht gleich bei mir zu Hause geparkt habe. Jetzt muss ich das Auto umparken«, murmelte sie geistesabwesend vor sich hin.

Daheim angekommen, ließ Lea sich zuerst einmal auf ihr Sofa fallen. Sie freute sich immer über ihre schöne Maisonette-Wohnung in Schömberg. Diese befand sich dreihundert Meter vom Polizeirevier entfernt direkt in der Lindenstraße. Da Schömberg ein Kurort war, hielt sich, vor allem nachts, der Verkehr in Grenzen, so dass sie nicht in ihrem Schlaf gestört wurde. Das war auch ein Grund gewesen, weshalb die Beziehung mit Hans-Peter in die Brüche gegangen war. Sie würde niemals in Karlsruhe wohnen wollen und er war nicht bereit, zu ihr nach Schömberg zu ziehen.

Lea fing schon wieder an, darüber zu grübeln, schimpfte dann aber mit sich selbst und dachte nun über den aktuellen Fall nach. Das war allerdings auch nicht viel besser, vor allem, weil ihr Georg Weiß leidtat. Als ihre Gedanken schließlich bei Alex auf Gran Canaria landeten, sprang sie vom Sofa und rief laut: »Jetzt reicht's«, und ging in die Küche.

Sie erhitzte etwas Olivenöl in der Pfanne, schnitt eine Aubergine und Zucchini in kleine Stücke und gab das Gemüse dazu. Während das Essen vor sich hin brutzelte, zerbröselte sie ein wenig Schafskäse und streute ihn darüber. Anschließend schnitt sie noch einen Rest von ihrem Frühstücksbaguette in kleine Scheiben und setzte sich mit dem Abendessen hungrig an ihren Esstisch, der sich in ihrem großen Wohnzimmer befand.

Nachdem sie sich noch ein Gläschen Rotwein genehmigt und ein paar Seiten in ihrem historischen Roman gelesen hatte, schleppte sie sich die kleine Holztreppe, die in ihr Schlafzimmer führte, nach oben. Dort ließ sie sich auf ihr Bett fallen und schlief sofort ein.

Dienstag

Schömberg

Kurz vor 8:00 Uhr saßen die drei Polizeibeamten um den Besprechungstisch. Zu groß war der Druck, den der Polizeidirektor auf Lea ausübte, wenn ein Fall nicht schnellstens aufgeklärt wurde.

Katja und Rudi waren noch mit ihrem Kaffee beschäftigt und Lea ging unruhig vor der Magnettafel auf und ab. Sie hatte heute Morgen schon drei Tassen von dem Wachmacher getrunken.

»Also, was haben wir bis jetzt?«, begann sie die Besprechung, wartete aber keine Antwort ab und fuhr fort: »Da ist also der Tote«, sie deutete auf das Foto an der Tafel, »er wurde vergiftet. Dazu brauchen wir jetzt noch genauere Informationen von der Gerichtsmedizin und der Spurensicherung. Rudi, da rufst du nachher gleich an und machst ein bisschen Druck, denn ohne diese Infos können wir nicht weiterarbeiten.«

»Okay, mach ich.«

»Wir müssen den genauen Todeszeitpunkt wissen, ob Gift gefunden wurde und vor allem in welchem Essen.«

»Ja klar, das ist das Wichtigste.« Nachdenklich legte Katja ihren Finger an die Nase.

»Was können wir im Moment noch tun?« Lea schaute fragend zu Rudi.

Nach kurzem Überlegen meinte dieser: »Wir könnten zu Erich Eckhard gehen. Das ist der Mann, mit dem Heinz Weiß ab und zu telefoniert hat. Der wohnt gleich hier um die Ecke in der Schillerstraße.«

»Gute Idee, das hatte ich ganz vergessen. Das mache ich dann sogleich mit Katja. Lass uns sofort dorthin gehen, das können wir sogar zu Fuß machen. Die frische Luft wird uns gut tun.« Lea schaute ihre Kollegin an, erhob sich und rief Rudi während des Hinausgehens zu: »Du bist ja da, wenn irgendetwas sein sollte.«

Katja folgte ihr.

Erst jetzt fiel Rudi auf, dass die Sekretärin heute gar nicht gekommen war. Hatte sie womöglich verschlafen? Das wäre dann schon das dritte Mal in kurzer Zeit. Früher kam das nie vor. Während er noch darüber nachdachte, öffnete sich die Tür und Saskia kam hereingestürmt.

»Hast du verschlafen?«, empfing Rudi sie.

»Nein, tut mir leid, ich hatte meinen Autoschlüssel verlegt. Schließlich habe ich ihn dann im Wäschekorb gefunden.« Verlegen und außer Atem schaute sie ihren Kollegen an.

»Du kommst mir in letzter Zeit etwas schusselig vor. Pass bloß auf, dass Lea das nicht bemerkt, mit der ist zur Zeit nicht zu spaßen.«

»Ja, da hast du recht.« Saskia seufzte und machte sich an die Arbeit. Sie hatte einige Anzeigen zu bearbeiten.

...

Da Erich Eckhard Rentner war, trafen Lea und Katja ihn, wie erwartet, vormittags zu Hause an. Man merkte, dass er froh war, mit jemand über den Tod seines besten Freundes, zu sprechen.
Sie hatten schon zusammen die gleiche Schule besucht und sich bis letzte Woche regelmäßig vierzehntägig getroffen. Andere Freundschaften pflegte er nicht. Deshalb fühlte er sich auch im Moment ziemlich verloren.

Sie nahmen zusammen in der großen Essküche auf der Eckbank, die mit kariertem, buntem Stoff bezogen war, Platz.

Lea begann mit der Routinefrage: »Herr Eckhard, wann haben Sie Herrn Weiß das letzte Mal gesehen?«

Es war überhaupt nicht notwendig, Erich Eckhard Fragen zu stellen, denn er fing sogleich an zu erzählen.

»Zuletzt war ich bei ihm vor drei Tagen. Heinz und ich haben viel zusammen unternommen. Wir sind schon zusammen in die gleiche Klasse gegangen. Außer mir hatte er keine Freunde. Er war schon immer sehr jähzornig, das wird auch der Grund gewesen sein, warum niemand etwas mit ihm zu tun haben wollte. Für mich war das kein Problem. Wenn wir zusammen unterwegs waren, hatte er sich immer gut im Griff. Oft schüttete er sein Herz bei mir aus, weil es ihm leid tat, wenn er seine Frau mal wieder geschlagen hatte.«

Lea nutzte die kurze Verschnaufpause von Erich aus. »Hat er seine Frau denn oft geschlagen?«

»Naja, immer erzählte er mir das ja auch nicht. Aber man sah Angelika oft mit einem blauen Auge herumlaufen.«

»Aber in letzter Zeit scheinen sich die beiden doch wieder ganz gut verstanden zu haben, meinte zumindest die Nachbarin. Anscheinend kam Frau Schneider doch oft, um ihrem Ex-Mann zu helfen«, mischte sich Katja ein.

»Ja, das stimmt, aber von gut verstehen konnte nicht die Rede sein. Heinz wollte das überhaupt nicht. Aber er konnte sich nicht dagegen wehren, er war ja auf Hilfe angewiesen und das nutzte Angelika aus. Ich glaube, sie genoss es, ihn so hilflos zu sehen«, antwortete Erich. Er sah erschöpft aus.

Lea erhob sich. »Vielen Dank, Herr Eckhard. Das reicht uns fürs Erste. Wenn Ihnen noch etwas einfällt, melden Sie sich bitte.« Sie nickte Katja zu. Diese erhob sich ebenfalls und beide verabschiedeten sich.

»Auf Wiedersehen. Viel helfen konnte ich Ihnen ja leider nicht«, meinte Erich.

»Das würde ich so nicht sagen. Danke. Auf Wiedersehen.« Katja folgte ihrer Chefin und zog die Haustür hinter sich zu.

Draußen zog Lea fröstelnd die Schultern hoch. Katja sah sie fragend an. »Sag bloß, dir ist kalt? Es hat heute gefühlte 30 Grad.« Sie hatte sich daran gewöhnt, ihre Chefin zu duzen. Am Anfang fiel ihr das nicht leicht. Lea hatte nach Abschluss des letzten Falles, als sie zusammen gefeiert hatten, vorgeschlagen, dass sie sich alle duzen könnten. Bis dahin hatte sie das nur mit Alex so gehalten, weil sie den schon von der Polizeischule kannte.

»Ich weiß auch nicht, was los ist. Ich hatte heute Morgen schon so Gliederschmerzen. Hoffentlich werde ich nicht krank«, erwiderte Lea.

»Ich würde sagen, du bist schon krank.
Ganz blass siehst du aus«, meinte Katja besorgt.

Inzwischen waren sie im Revier angekommen und setzten sich zu Rudi und Saskia, die wieder eine Kaffeepause machten, in den Aufenthaltsraum. Rudi, der erwartete, dass Lea sich darüber beschweren würde, wunderte sich, weil sie nichts sagte. Er schaute sie genauer an und äußerte sich:

»Wie siehst du denn aus? Bist du krank?«

»Ich glaube schon«, erwiderte Lea, der es inzwischen schlechter ging, »lasst uns das Notwendigste besprechen. Dann mache ich für heute Feierabend, gehe nach Hause und lege mich ins Bett, damit ich morgen wieder fit bin. Heute können wir sowieso nicht mehr allzu viel tun, denke ich.«

»Alles klar«, sagten die beiden Polizeibeamten wie aus einem Munde.

»Rudi, was gibt es Neues von der Spurensicherung und der Gerichtsmedizin?«

»Also, der Tod von Heinz Weiß ist am Sonntag so zwischen 14:00 und 15:00 Uhr eingetreten. Die Spurensicherung hat, so wie von Balbach vermutet, Rattengift im Essen gefunden. Er muss das aber schon am Abend zuvor zu sich genommen haben, denn das Gift wirkt erst nach vierzehn Stunden. Die Spurensicherung hat die Essensreste aus dem Biomüll herausgeholt.«

»Was war das für ein Essen?«

»Fleischküchle mit Kartoffelbrei. Das werde ich in nächster Zeit nicht mehr essen«, Rudi grinste und schüttelte sich bei dem Gedanken, »der Gerichtsmediziner meinte allerdings, es wäre seltsam, dass Herr Weiß nicht rechtzeitig zum Arzt gegangen sei. Die Zeit hätte er anscheinend gehabt, wenn er auf die ersten Anzeichen, nämlich die Schleimhautblutungen und auf sogenannte Petechien - das sind kleine pünktchengroße Einblutungen in der Haut - geachtet hätte. Letztendlich ist er dann an einer „Fulminanten cerebralen Blutung" gestorben. Sonst gibt es nichts zu berichten.«

»Gut, dann geh doch mit Katja noch mal zu der Nachbarin, um sie zu fragen, ob das Essen von ihr war. Was natürlich nicht heißen muss, dass sie das Gift auch dort hinein getan hat. Im Gegenteil, denn so dumm ist ja kein Mensch. Ansonsten ist Angelika Schneider die Einzige, die an diesem Tag bei Herrn Weiß gesehen wurde. Und die ist tot. Trotzdem müssen wir diese Spur natürlich weiter verfolgen. Sie war ja auch, so wie du gesagt hast - Lea schaute zu Rudi -, am Samstagnachmittag bei ihrem geschiedenen Mann. Aber das hat Zeit bis morgen, schließlich kann uns die Verdächtige nicht davon laufen«, sagte Lea mit einem Anflug von Humor.

»Der Pfleger war am Abend angeblich nicht bei Herrn Weiß«, gab Rudi zu bedenken.

Lea antwortete: »Somit können wir ihn, wenn das stimmt, zunächst von der Liste der Verdächtigen streichen, weil morgens das besagte Essen noch nicht im Haus war. Aber ich kann nicht mehr klar denken, deshalb gehe ich jetzt. Ihr habt ja auch noch andere Angelegenheiten zu erledigen und da Saskia heute ausnahmsweise mal da ist - Lea streifte sie mit einem kurzen Blick -, könnt ihr beide zuerst zu Frau Schiller gehen. Aber nein, macht das heute Nachmittag. Es ist ja schon fast Mittagszeit.«

Saskia sah Lea genervt an, sagte aber nichts, denn ihr war bewusst, dass Lea das nicht so meinte und im Allgemeinen gut mit ihr auszukommen war.

Nachdem ihre Chefin gegangen war, beschlossen die drei, zum Mittagessen ins Café Talblick zu gehen.

»Eine Stunde Mittagspause können wir uns heute schon erlauben«, meinte Rudi augenzwinkernd.

Remchingen

Nachdem Gabi vom Hundespaziergang zurückgekommen war, rief sie die Treppe hinauf: »Raphael, Selina, kommt ihr bitte, wir gehen zur Oma.«

Raphael, der gerade mit den Hausaufgaben fertig geworden war und an seiner Playstation spielen wollte, war nicht begeistert. Aber ihm war klar, dass es keinen Sinn machte, seiner Mutter zu widersprechen. Außerdem liebte er seine Oma über alles. Selina, die froh war, ihre Hausaufgaben unterbrechen zu können, kam ebenfalls angerannt. Und so verließen die drei zehn Minuten später das Haus, um nach Wilferdingen zu fahren.

Amelie Rapp, die Mutter von Gabi, wohnte in der Hauptstraße. Dort fand man am Nachmittag meistens einen freien Parkplatz auf dem Parkstreifen.

Die Kinder rannten zu dem Einfamilienhaus voraus und klingelten. Als Gabi ankam, hatte ihre Mutter immer noch nicht aufgemacht. Das war ungewöhnlich. Sie griff in ihre Tasche, um nach dem Schlüssel zu suchen - den hatte sie für alle

Fälle immer dabei -, als die Tür doch geöffnet wurde.

Gabi bemerkte, dass ihre Mutter blass aussah.

»Hallo Mama, geht es dir nicht gut? Du siehst krank aus.«

»In der Tat, ich glaube, dass ich mir eine Grippe eingefangen habe«, antwortete diese und schlurfte, ohne die Kinder richtig zu begrüßen, ins Wohnzimmer. Sie ließ sich ächzend in ihren verstellbaren Sessel fallen, auf dem man die Füße hochlegen konnte.

Gabi wunderte sich, denn normalerweise erdrückte sie ihre Enkelkinder jedes Mal fast zur Begrüßung. Deshalb fragte sie besorgt: »Was fehlt dir denn?«

»Es ist nicht so schlimm, die Glieder tun mir weh und ich habe Hals- und Kopfschmerzen. Das wird schon wieder. Ich brauche nur etwas Ruhe.«

Das verwunderte Gabi noch mehr, denn normalerweise war Ruhe das Letzte, was ihre Mutter brauchte, vor allem dann nicht, wenn ihre Familie zu Besuch da war. Aber inzwischen hingen die Kinder rechts und links an ihrem Sessel und plapperten munter drauflos. Es war alles wie immer. Gabi beruhigte sich. Allerdings benahm sich

Selina etwas seltsam. Sie quengelte nach kurzer Zeit, dass sie wieder gehen wolle. Gabi war genervt, Raphael unterhielt sich gerade über alles Mögliche intensiv mit seiner Oma und außerdem konnte sie ihre kranke Mutter doch jetzt nicht gleich wieder alleine lassen.

»Kann ich irgendetwas für dich tun? Vielleicht einkaufen gehen oder etwas kochen?«, fragte sie. Zu putzen gab es nichts, weil zweimal in der Woche eine Putzfrau zu Amelie kam.

»Nein, ich habe alles, was ich brauche. Aber ich würde mich gerne ein bisschen hinlegen. Vielleicht könnt ihr ja ein anderes Mal wiederkommen.«

Jetzt war Gabi total verblüfft. Wurde ihre Mutter senil? Sie war mit ihren siebzig Jahren eine gesunde, vitale Frau, die sich immer freute, wenn die Familie kam. Bisher wäre es ihr niemals eingefallen, sie wieder nach Hause zu schicken.

»Gut«, sagte sie ein wenig säuerlich, »du kannst dich ja melden, wenn du etwas brauchst, oder wenn du unsere Gesellschaft wünschst. Ansonsten kommen wir diese Woche nicht mehr. Kommt Kinder, wir gehen.«

Das ließen sich die beiden nicht zweimal sagen und sogar Raphael kam ohne zu murren angerannt. Gabi meinte im falschen Film zu sein.

»Bitte nicht böse sein«, rief Amelie ihnen hinterher. Aber die drei waren nach einem knappen ‚Tschüss und gute Besserung' verschwunden. Nur Raphael hatte seine Omi nochmals heftig umarmt.

Kopfschüttelnd und immer noch leicht verwirrt ließ sich Gabi - nachdem sie die Kinder hinten in den silbergrauen Van hatte einsteigen lassen - auf den Fahrersitz fallen und fuhr nach Hause.

Schömberg

Rudi und Katja saßen im Gemeinschaftsbüro, das sie normalerweise mit Alex teilten. Lea hatte als Inspektionsleiterin ihr eigenes Büro.
Katja schaute gelangweilt aus dem Fenster.

Die Nachbarin von Georg Weiß war nicht erreichbar und Lea hatte keine Ahnung, was sie als Nächstes tun könnten, um den Fall schnellstmöglich aufzuklären. Sonst gab es keine Angelegenheit, um die sich nicht auch Saskia kümmern konnte, die vorne, wenn man zur Tür hinein kam, gleich rechts im Empfangsbereich saß.

Rudi telefonierte gerade mit den Karlsruher Kollegen, um zu fragen, ob die Spurensicherung in der Wohnung von Angelika Schneider etwas gefunden hatte. Nachdem er aufgelegt hatte, wandte er sich an Katja.

»Die Kollegen konnten nichts Verdächtiges finden. Auf dem Telefon von Angelika Schneider wurden keine fremden Fingerabdrücke gefunden. Der Telefonhörer wurde aber auch nicht abgewischt, sonst wären ja die Abdrücke von Frau Schneider auch weg gewesen. Also, die Person muss extrem vorsichtig vorgegangen sein. Vielleicht hat sie Handschuhe angehabt. Aber warum das Ganze? Auch auf der Tastatur vom Telefon waren keine fremden Fingerabdrücke zu finden.«

Katja hatte aufmerksam zugehört und sah Rudi nachdenklich an. Schließlich unterbrach dieser ihre Gedankengänge.

»Übrigens Katja, hast du heute Abend Zeit? Ich muss dir etwas Wichtiges sagen. Wir könnten in den Ochsen nach Oberlengenhardt gehen. Ich lade dich ein.«

Die Kollegin schaute ihn fragend an.

»Du weißt, dass ich immer gerne mit dir dorthin gehe und ich habe auch Zeit, aber spann mich doch jetzt nicht so auf die Folter. Kannst du mir das nicht hier und jetzt sagen?« Ein ungutes Gefühl beschlich sie.

»Nein, dazu brauche ich Ruhe. Das kann ich dir nicht zwischen Tür und Angel sagen.«

Katja seufzte tief. »Okay, aber dann lass uns direkt von hier aus nach Dienstschluss dorthin fahren. Ich habe keine Lust nach Pforzheim und dann eine halbe Stunde später wieder zurückzufahren.«

»Kein Problem, wir können das gerne so machen.«

Katja wunderte sich, denn Rudi grinste nicht und schien sich auch nicht, wie sonst zu freuen, wenn sie sich verabredet hatten. Ihr komisches Gefühl verstärkte sich und sie fühlte einen dicken Kloß im Hals.

Oberlengenhardt

Nachdem Katja und Rudi um 18:00 Uhr ihren Arbeitstag beendet hatten, saßen sie nun im Gasthaus Ochsen. Sie hatten sich an einen Tisch im hinteren Raum gesetzt. Dort waren, zumindest bis jetzt, keine weiteren Gäste anwesend, so dass sie sich ungestört unterhalten konnten.

»Nun schieß schon los und spanne mich nicht noch länger auf die Folter«, äußerte sich Katja, nachdem sie ihre Bestellung bei der Bedienung aufgegeben hatten.

Rudi räusperte sich. »Also, eigentlich ist es nichts Besonderes. Ich weiß ja, dass du nur freundschaftliche Gefühle für mich hegst, was ich immer noch sehr bedauere.«

Katja wollte ihn unterbrechen, aber Rudi hob abwehrend die Hand und fuhr fort: »Ich will dir auch nur sagen, dass ich jemanden kennengelernt habe. Wir haben uns ein paar Mal getroffen und verstehen uns ganz gut. Ich möchte, dass du das weißt.«

Katja verschlug es die Sprache. Damit hatte sie nicht gerechnet. Die Freundschaft mit Rudi bedeutete ihr viel. Sie hatten in letzter Zeit einiges miteinander unternommen. Das würde jetzt wahrscheinlich anders werden. Ja, das wird der Grund sein, dass mich das so erschüttert, dachte sie. Denn schließlich bin ich ja nicht in ihn verliebt.

Nachdem Katja sich wieder gefangen hatte, fragte sie: »Wo hast du sie denn kennengelernt?«

»Ich war auf dem viezigsten Geburtstag eines Freundes und dort war sie auch eingeladen. Sie heißt Christine und ist eine Schulkameradin von meinem langjährigen Freund Robert. Es ist vielleicht noch etwas zu früh, um von einer Beziehung zu sprechen, aber es könnte etwas daraus werden. Wir haben viele Gemeinsamkeiten und verstehen uns gut.«

»Wo wohnt sie?«

»In Büchenbronn.«

»Na super, dann hast du es ja gar nicht weit«, war alles, was Katja herauspresste.

Da kam zum Glück die Bedienung und brachte das vegetarische Gericht, das sie bestellt hatte und sagte an Rudi gewandt: »Ihren Ochsentopf bringe ich auch sofort.«

»Nur keine Eile, ich habe genug Reseven«, meinte der grinsend, auf seinen leichten Bauchansatz deutend.

Katja stocherte lustlos auf ihrem Teller herum und sagte nichts mehr.

Nach einer Weile unterbrach Rudi die unangenehme Stille. »Alles okay bei dir? Geht´s dir nicht gut?«

»Doch, alles okay, aber der Tag war halt anstrengend.«

Rudi wusste zwar nicht, was an dem Tag anstrengend gewesen sein sollte, hielt sich aber zurück.

Irgendwie herrschte nun eine gewisse Kühle zwischen ihnen und es wollte keine richtige Unterhaltung mehr aufkommen. Deshalb bezahlten die beiden auch sogleich, nachdem sie fertig gegessen hatten. Auf Katjas Teller war noch mehr als die Hälfte übriggeblieben, was für sie ungewöhnlich war. Nur Rudi hatte seinen Ochsentopf, wie immer, bis auf den letzten Krümel geleert.

Nachdem Rudi die Rechnung beglichen hatte, verließen sie das Restaurant.

Draußen angekommen, bedankte sich Katja und verabschiedete sich ziemlich knapp von ihrem Kollegen, ohne ihm wie sonst ein Küsschen auf die Wange zu geben.

Rudi blieb noch eine Weile nachdenklich draußen stehen, bevor er die paar Meter zu seiner Wohnung zu Fuß ging. Sein Auto hatte er zuvor gleich vor dem Haus geparkt.

»Nicht einmal ‚viel Glück' hat sie mir gewünscht. Als Freundin müsste sie sich doch für mich freuen«, murmelte er vor sich hin. Die Frauen soll einer verstehen. Kopfschüttelnd betrat er seine Diele.

Mittwoch

Schömberg

Lea wurde um 6.30 Uhr von ihrem Radiowecker geweckt. Im ersten Moment war ihr nicht klar, wo sie sich befand, aber dann machten sich bohrende Kopfschmerzen bemerkbar und ihr fiel wieder ein, dass sie sich gestern fiebernd ins Bett gelegt hatte.

Sie erhob sich stöhnend, aber als alles um sie herum schwankte, ließ sie sich geradewegs wieder rückwärts fallen. Das durfte jetzt doch nicht wahr sein. Sie hatten einen Mordfall aufzuklären und sie machte schlapp. Seufzend griff sie nach dem Telefon, das auf dem Nachttisch lag, und rief ihren Kollegen Rudi an. Sie wusste, dass er immer schon früh auf war.

...

Es war kurz nach acht, als Katja das Revier betrat. Sie fand Rudi nachdenklich an seinem Schreibtisch sitzend vor.

»Was ist los? Ist etwas passiert?«, wollte sie wissen.

»Passiert kann man nicht gerade sagen. Aber ich habe soeben mit den Kollegen in Karlsruhe gesprochen. Was sie gestern - warum auch immer - noch nicht sagen konnten, ist, dass die Spurensicherung bei Angelika Schneider cumarinhaltiges Rattengift gefunden hat. Und zwar auf der Ablage in der Küche, in einer Schüssel.«

»Was? Das gibt es doch gar nicht. Dass sie das nicht entsorgt hat?« Katja schaute ihren Kollegen verwundert an.

»Vielleicht wollte sie es ja verstecken, hat aber vorher den Herzinfarkt bekommen.«

»Aber dann muss sie es gewesen sein, die ihren Ex auf dem Gewissen hat. So einen Zufall kann es doch nicht geben.«

»Ja, das denke ich auch. Aber eine Tote kann man nicht verhaften«, meinte Rudi resigniert.

»Somit wäre unser Fall ja dann aufgeklärt«, stellte Katja zufrieden fest.

»Naja, nicht ganz, wir müssen die Sache natürlich schon noch gründlich untersuchen.«

»Wo ist eigentlich Lea?«

»Die ist krank. Sie hatte mich heute Morgen angerufen. Es hat sie ziemlich erwischt. Sie hat Fieber und geht natürlich nicht zum Arzt. Sie würde morgen wieder kommen, meinte sie«, berichtete Rudi zweifelnd.

»Ich hole mir einen Kaffee und dann muss ich dir noch was sagen, okay?«, meinte Katja und sah ihn unsicher an. Rudi nickte geistesabwesend.
Als sie mit ihrem Kaffee zurückkam, sah er die Freundin aber doch aufmerksam an und wartete, was sie ihm zu sagen hatte.

»Es tut mir leid, wegen gestern. Ich habe mich blöd benommen. Ich gönne dir natürlich dein Glück. Es ist nur so, wir haben in letzter Zeit so viel zusammen unternommen und ich fühle mich wohl in deiner Gesellschaft und ich hatte einfach Angst, dass das nun aufhört.«

»So ein Quatsch, ich heirate doch nicht gleich morgen und selbst wenn, muss deshalb doch nicht unsere Freundschaft zu Ende sein. Schade, ich hatte schon gehofft, du willst mir sagen, dass dir klar geworden ist, wie sehr du mich liebst«, erwiderte Rudi grinsend, »ich würde natürlich alles stehen und liegen lassen und dich sofort heiraten.«

»Du willst mich auf den Arm nehmen.« Katja wurde bei den Worten aber doch etwas rot.

»Nein, das ist mein Ernst. Meine Tochter kann Christine nicht leiden, dich vergöttert sie aber geradezu. Das wäre schon mal ein Pluspunkt für dich«, neckte er sie weiter.

»Ach, Semira wird sich schon an sie gewöhnen.«

Rudis Tochter verbrachte oft das Wochenende bei ihm. Sie verstanden sich prächtig. Sie wohnte aber noch bei ihrer Mutter Vivienne in Pforzheim. Die ständigen Streitereien zwischen den Eltern, um alles, was Semira anging, hatten sich, seit diese achtzehn geworden war, etwas gelegt.

»Wir werden sehen«, entgegnete Rudi, »jetzt sollten wir erst einmal überlegen, wie wir in unserem Fall weiter vorgehen werden. Wir müssen heute noch einmal zu der Nachbarin von Heinz Weiß.«

»Ja, und sollten wir nicht in Anbetracht der Neuigkeiten noch einmal mit Georg Weiß sprechen?«

»Klar, das müssen wir machen, aber erst nachdem wir das mit Lea telefonisch geklärt haben. Ich rufe sie heute Nachmittag an«, entschied Rudi.

»Hallo«, begrüßte er Saskia, die gerade den Raum betrat, »was gibt´s? Oder hast du nur Lust auf etwas Gesellschaft?«

»Ich habe noch etwas fertig schreiben müssen und deshalb die Besprechung verpasst. Gibt es Neuigkeiten?«

Nachdem Katja ihr alles berichtet hatte, erhob sich Rudi. »Komm Katja, lass uns nach Schwarzenberg fahren. Vielleicht kommt Frau Schiller ja in ihrer Mittagspause nach Hause. Bis dahin hören wir uns bei den anderen Nachbarn um. Saskia, wie sieht´s aus? Magst du heute Mittag mit uns essen gehen? Wir ersticken heute nicht gerade in Arbeit, da können wir uns das erlauben.«

»Gerne, dann hole ich mir nichts, sondern warte auf euch.«

»Okay, tschüss.«

»Tschüss, bis dann.«

»Ciao«, rief Saskia den beiden hinterher.

Remchingen

Gabi schlenderte tief in Gedanken versunken mit ihrem Hund den Goethering hoch. Sie hatte zusammen mit ihren Kindern zu Mittag gegessen und nutzte nun die Gelegenheit, während Selina und Raphael ihre Hausaufgaben machten, für einen ausgedehnten Spaziergang, um ihre Gedanken zu sortieren.

Was ist nur mit Mama los?, überlegte sie beklommen. Heute Morgen hatte ihre Freundin angerufen, um ihr zu sagen, dass ihre Mutter nicht zur Blutuntersuchung erschienen war, und das, obwohl sie einen Termin hatte.

Katrin arbeitete bei ihrer Hausärztin in Wilferdingen, bei der auch ihre Mutter in Behandlung war. Sie kannten sich schon viele Jahre, deshalb wollte sie Gabi lieber Bescheid geben, da Amelie Rapp bekannterweise Diabetes hatte und ihr Blut regelmäßig untersucht werden musste. Normalerweise war es für die ältere Dame kein Problem, die paar Meter zum Arzt alleine zu gehen. Deshalb hatte sie auch noch nie einen Termin verpasst. Es war also schon ein Grund, sich Sorgen zu machen, vor allem, nachdem sie gestern so seltsam gewesen war.

Gabi wurde aus ihren Gedanken gerissen, weil Max wie verrückt kläffte und an der Leine zog. Er hatte einen anderen Rüden gesehen, den er überhaupt nicht leiden konnte.

»Zum Glück habe ich ihn heute nicht losgelassen«, murmelte Gabi vor sich hin.

»Und zur Strafe bleibst du jetzt an der Leine«, schimpfte sie mit ihm, nachdem sie ihn wieder zur Vernunft gebracht hatte. Nun musste er die restliche Strecke ‚bei Fuß' laufen.

Zu Hause angekommen, ließ Gabi den Hund ins Haus, griff kurz entschlossen nach ihrem Autoschlüssel, der im Flur auf der Kommode lag, und rief in Richtung Kinderzimmer: »Selina, Raphael, ich fahre kurz zur Oma.«

Ohne eine Antwort abzuwarten, eilte sie zum Auto und fuhr, in Gedanken schon bei ihrer Mutter, nach Wilferdingen.

Dort angekommen klingelte Gabi zunächst einmal. Sie hatte zwar einen Schlüssel, doch wollte sie ihre Mutter nicht erschrecken, indem sie plötzlich unangemeldet vor ihr stand.

Es dauerte nicht lange und Amelie machte die Tür auf.

»Hallo«, murmelte Gabi, weil ihre Mutter erstmal überhaupt nichts sagte. »Hat es dir die Sprache verschlagen?«

»Nein, natürlich nicht, ich war ein bisschen im Sessel eingeschlafen und bin noch nicht ganz wach«, antwortete diese.

»Du hast heute Morgen deine Blutuntersuchung verpasst«, meinte Gabi, während sie, gefolgt von ihrer Mutter, ins Wohnzimmer ging.

»Ach herrje, das hatte ich ja vollkommen vergessen«, erwiderte Amelie, während sie sich schwerfällig in ihren Fernsehsessel fallen ließ, »könntest du mich vielleicht dann morgen begleiten, ich bin im Moment etwas unsicher, weil es mir noch immer schwindelig ist.«

Gabi sah sie besorgt an.

»Ja, Katrin meinte, dass du morgen kommen könntest. Ich rufe bei meiner Chefin an und sage ihr, dass es bei mir etwas später wird. Ich hole dich dann morgen um kurz vor sieben ab. Okay? Anschließend fahre ich dann ausnahmsweise mit dem Auto zur Arbeit.«

»Ja, danke, das wäre gut.«

»Kann ich noch irgendetwas für dich tun?«

»Nein, du musst doch bestimmt wieder zu den Kindern zurück. Ich komme schon klar, kein Problem. Es geht mir auch schon wieder besser, es ist mir nur noch ein bisschen schwindelig.«

»Okay.« Gabi beugte sich hinunter, um ihre Mutter auf die Wange zu küssen und verabschiedete sich. Beim Hinausgehen fiel ihr Blick auf Amelies Tagebuch, das auf der Kommode lag, und sie dachte, dass sie zu gerne wissen würde, was ihre Mutter da alles hineinschreibt. Vielleicht könnte sie dann besser verstehen, was mit ihr los ist.

Gabi fuhr nach Hause, aber sie fühlte sich überhaupt nicht wohl in ihrer Haut. Hätte sie nicht doch länger bei ihrer Mutter bleiben sollen? Verkalkte diese so langsam? Sie kam ihr so fremd vor. Das alles ging ihr während der Fahrt durch den Kopf.

Daheim angekommen, kam sie allerdings schnell auf andere Gedanken, weil Selina schon wieder Dummheiten gemacht hatte. Sie hatte sich entschlossen, alleine Pfannkuchen zu backen und in der Küche sah es aus, als ob eine Bombe eingeschlagen hatte. Seufzend macht sich Gabi an die Arbeit, damit schnell alles wieder einigermaßen sauber wurde. Nicht ohne vorher einen Schreikrampf bekommen zu haben. Aber das nützte wie immer leider nichts.

Pforzheim

Katja kuschelte sich mit einem Buch auf ihr heißgeliebtes, riesengroßes Sofa. Aber sie hielt den Roman nur in der Hand, ohne ihn zu lesen.
Ihre Gedanken schweiften ständig ab. Sie hob fröstelnd die Schultern, griff nach einer weichen Decke und wickelte sich, obwohl es nicht wirklich kalt war, darin ein. Draußen war es wärmer als in ihrer Wohnung. Da sie aber in der Pforzheimer Innenstadt wohnte und am frühen Abend dort recht viel Verkehr herrschte, ließ sie das Fenster lieber zu.
Sie hatte heute zusammen mit ihrem Kollegen nicht allzu viel erreichen können. Von den Nachbarn in Schwarzenberg schien keiner etwas Ungewöhnliches bemerkt zu haben und auch Frau Schiller konnte nur bestätigen, dass das Essen von ihr war. Herr Weiß musste es sich abends nochmals aufgewärmt haben. Sie beteuerte mehr-

fach, dass sie das Gift nicht hineingetan hätte.

Rudi beruhigte Frau Schiller, indem er meinte, dass er ihr das glaube. Mittags waren sie mit Saskia zum Essen ins Café Talblick gegangen und hatten dann, nachdem sie den Routinekram erledigt hatten, den Arbeitstag früh beendet.

Lea hatte am Telefon erklärt, dass sie morgen Georg Weiß einen Besuch abstatten würde, um nochmals mit ihm zu sprechen. Es hatte sich also nichts Dramatisches ereignet.

Katja machte sich Gedanken, warum um alles in der Welt sie dann so schlecht gelaunt war. Es konnte vielleicht daran liegen, dass es schon genauso losging, wie sie vermutet hatte. Normalerweise unternahm sie mittwochs immer etwas mit Rudi, das war sozusagen „ihr Abend". Da wir gestern zusammen essen waren, muss er sich ja heute um seine neue Flamme kümmern, dachte sie resigniert. Sie warf ihr Buch auf den Boden und schmollte weiter vor sich hin. Es dauerte allerdings nicht allzu lange, dann war sie eingeschlafen.

Donnerstag

Schömberg

Als Katja um kurz vor acht im Aufenthaltsraum des Polizeireviers ankam, waren alle schon da, und sie wollte ihren Augen nicht trauen, Alex ebenfalls.

»Was machst du denn hier, ich denke, du hast diese Woche noch Urlaub?«, fragte sie verwundert.

»Stimmt, aber ich konnte es einfach nicht mehr aushalten, ohne dich.« Ihr Kollege strahlte sie an. Noch vor Kurzem hätte Katja das total aus dem Konzept gebracht, sie wäre knallrot geworden und nichts darauf zu erwidern gewusst. Aber inzwischen hatte sich ihre Verliebtheit gelegt und sie konnte schlagfertig antworten.

»Und das soll ich glauben? Was ist denn mit deiner Sybille?«

»Ah, bin ich schon wieder das Dorfgespräch? Die weilt noch auf Gran Canaria«, meinte er lachend, »aber mal Spaß beiseite, ich lasse mir doch keinen Mordfall entgehen. Ich bin am Dienstag schon zurückgeflogen und die zwei

Tage Urlaub, die ich noch habe, kann ich jederzeit nehmen.«

Lea, die bis jetzt geschwiegen hatte, unterbrach die beiden. »Dann lasst uns gleich ins Besprechungszimmer gehen und keine Zeit verlieren.« Während sie den Raum verließ, musterte sie Alex im Vorbeigehen.

»Das hättest du dir allerdings sparen können, denn der Fall ist geklärt«, schleuderte sie ihm noch entgegen. Und schon fiel die Tür krachend ins Schloss.

Die Zurückgebliebenen schauten sich verständnislos an und Rudi schüttelte den Kopf.

»Was ist der denn schon wieder über die Leber gelaufen? Das wird ja immer schlimmer mit ihr.« Aber Saskia nahm ihre Chefin in Schutz.

»Sie ist halt noch krank, das sieht man doch. Übrigens Alex, wie siehst du überhaupt aus? Du hast ja lange Haare. Gibt es auf Teneriffa keine Friseure?«

Jetzt musste Katja trotz der schlechten Stimmung vor sich hin kichern, denn die Haare von Alex waren gerade mal einen Zentimeter lang, anstatt fünf Millimeter, wie er sie sonst trug. Da er sie außerdem nicht wie gewöhnlich mit Gel gestylt hatte, standen sie heute etwas wirr durcheinander. In letzter Zeit legte er nicht ganz so viel Wert auf sein Äußeres. Noch vor einem halben Jahr hätte er seine Wohnung so nicht verlassen. Bis dahin war er auch regelmäßig zum Krafttraining gegangen. Das war ihm aber im Moment gar nicht mehr so wichtig. Trotzdem hatte er immer noch, mal abgesehen von einem leichten Bauchansatz, einen gut durchtrainierten Körper.

»Ich wollte einfach mal ausprobieren, ob ich so bei den Frauen besser ankomme«, erwiderte er nun lachend, »aber wir sollten unsere Chefin nicht zu lange warten lassen, sonst dreht sie noch durch.«

Die vier verließen, jeder etwas anderes vor sich hin murmelnd, das Zimmer und folgten Lea, damit die morgendliche Besprechung beginnen konnte.

Sie setzten sich um den länglichen Tisch in dem sonst kargen Zimmer. Außer der Magnettafel, einem Beamer und sechs unbequemen Stühlen aus weißem Plastik befand sich nichts in dem Raum. Deshalb hielt sich das Team, außer zu Besprechungen, lieber im Büro oder im Gemeinschaftsraum auf.

»Was heißt, der Fall ist schon aufgeklärt?« Fragend schaute Alex in die Runde.

»Im Moment sieht es so aus, als ob die geschiedene Frau von Herrn Weiß ihn vergiftet hat. Man fand auch besagtes Rattengift in einer Schüssel in ihrer Wohnung.«

»Und warum habt ihr sie dann nicht verhaftet?«

»Weil sie tot ist.«

»Dann sag das doch gleich oder sind wir hier bei ‚Rate, Rate, was ist das'?« Wütend sah er Lea an.

Rudi und Katja blickten sich genervt an.

Geht das jetzt gerade so weiter wie vor dem Urlaub? Das wird ja immer schlimmer mit den beiden, waren ihre Gedanken.

Lea fuhr unbeirrt fort: »Im Moment gibt es eigentlich nicht allzu viel zu sagen, ich muss zuerst noch mal mit Georg Weiß sprechen. Das ist der Sohn. Er wohnt hier in Schömberg«, fügte sie für Alex erklärend hinzu, »und du Alex, wirst mich begleiten! Wenn wir zurück sind, sprechen wir weiter.«

Lea und Alex gingen die Lindenstraße entlang Richtung Brunnenstraße, in der sich Georgs Wohnung befand. Sie schwiegen beide und vermieden es, sich anzuschauen.

Schließlich unterbrach Lea das Schweigen.

»Und? Hast du nun die Frau deiner Träume gefunden?«

»Lea, was ist los mit dir?« Alex schaute seine Chefin fragend an. »Du meintest doch, es war ein Fehler, dass wir an dem Abend, nach Abschluss unseres Falles, miteinander geschlafen haben. Ich hätte mir durchaus vorstellen können, das gelegentlich zu wiederholen«, neckte er sie.

Lea funkelte ihn zornig an, besann sich dann aber eines Besseren. »Du hast ja recht. Ich habe aber nicht die Absicht, das zu wiederholen«, fügte sie noch hinzu.

»Gut, dann ist ja alles geklärt.«

Inzwischen waren sie bei Georg Weiß angekommen. Er war zu Hause und ließ sie herein.

Nachdem sich auch Alex vorgestellt hatte, setzten sie sich ins Wohnzimmer.

Lea begann das Gespräch. »Wir haben Neuigkeiten, allerdings eher unangenehme.«

»Ich glaube, mich kann im Moment nichts mehr aus der Fassung bringen. Ich habe meine Eltern verloren. Was kann da noch Schlimmeres kommen«, entgegnete Georg.

»Nun ja, es ist so, dass man bei Ihrer verstorbenen Mutter in der Küche eine Schüssel mit Rattengift gefunden hat. Es ist das gleiche Gift, mit dem ihr Vater vergiftet wurde.«

Georg riss nun doch fassungslos die Augen auf. Mit so etwas hatte er nicht gerechnet und meinte, nachdem er das einigermaßen verdaut hatte: »Das glaube ich nicht. Nein, das glaube ich einfach nicht.«

»Es sieht aber alles danach aus, dass Ihre Mutter Ihren Vater vergiftet hat. Es gibt keinerlei Hinweise auf andere Verdächtige und das mit dem Gift bei ihrer Mutter in der Küche ist schon recht eindeutig«, gab Lea zu bedenken.

»Ich möchte jetzt alleine sein«, sagte Georg und stand auf. »Ich werde mich bei Ihnen melden.«

»Ja, das können wir verstehen«, mischte sich Alex ein und schob Lea, die sich inzwischen ebenfalls erhoben hatte, zur Tür.

»Auf Wiedersehen.«

Lea verabschiedete sich widerstrebend und zog die Tür hinter sich zu.

Draußen angekommen, äußerte sich Alex: »Von dem hätten wir jetzt sowieso nichts Interessantes mehr erfahren. Der ist verständlicherweise erstmal fertig mit der Welt.«

Lea musste ihrem Kollegen in diesem Falle zustimmen. Nachdenklich traten sie den Rückweg an.

»Ich muss kurz hinauf und mir andere Schuhe anziehen. Diese hier sind neu und drücken. Ich glaube, dass ich eine Druckstelle davon bekommen habe«, meinte Lea, als sie vor dem Haus, in dem sich ihre Wohnung befand, angekommen waren, »kommst du mit oder möchtest du warten? Du kannst aber auch schon mal vorgehen aufs Revier.«

»Wenn du mir einen Kaffee versprichst, komme ich mit.« Alex grinste.

»Die Kaffeebohnen sind mir heute morgen ausgegangen.«

»Na gut, ich komm trotzdem kurz mit hoch.«
Oben angekommen, ließ sich Alex aufs Sofa fallen.

Lea runzelte die Stirn, sagte aber nur: »Füße bleiben unten«, und eilte die kleine Holztreppe hinauf in ihr Schlafzimmer, wo sie ihre Schuhe, die sie nicht täglich benötigte, in Truhen aufbewahrte. Lea liebte Ordnung.

Zwei Minuten später stand sie schon wieder im Wohnzimmer an der Eingangstür, zog ihre Sneakers an und rief zu Alex: »Auf komm, wir gehen, du brauchst es dir hier gar nicht so gemütlich zu machen. Die Arbeit ruft.«

Alex erhob sich, schaute Lea dabei unverwandt an und ging langsam auf sie zu. Ihr wurde auf einmal ziemlich flau im Magen, aber sie rührte sich keinen Millimeter vom Fleck.

Als er direkt vor ihr stand, griff er mit seiner Hand an ihren Nacken, zog ihren Kopf zu sich heran, presste seinen Mund auf den ihren und schob seine Zunge durch ihre fest zusammengedrückten Lippen. Ihr Widerstand schwand, sie erwiderte den Kuss heftig und drückte sich voller Verlangen an Alex. Als sie bemerkte, wie erregt er war, stöhnte sie auf und ließ sich von ihm Richtung Sofa ziehen. Plötzlich versteifte sie sich aber, hob die Arme, legte ihre Handflächen auf Alex´s Brust und stieß ihn mit voller Wucht von sich. Er taumelte, vollkommen überrumpelt, ein paar Schritte nach hinten und starrte Lea entsetzt an.

Diese stieß keuchend hervor: »Tu das nie wieder!« Dann eilte sie ins Bad, schaute in den Spiegel und bändigte ihre langen, blonden Locken, die in alle Richtungen abstanden.

Sie wartete, bis sie sich wieder etwas beruhigt hatte, bevor sie ins Wohnzimmer zurückkehrte. Von Alex gab es keine Spur mehr, er war gegangen.

Remchingen

Gabi saß in ihrem Esszimmer und hatte eine Tasse Milchkaffee vor sich stehen.
Sie starrte auf den Wachmacher, ohne ihn anzurühren. Sie war ratlos. Heute Morgen hatte schon wieder Katrin angerufen und sie mit Frau Dr. Henning, die auch ihre Hausärztin war, verbunden, damit diese ihr sagen konnte, dass bei der Blutuntersuchung ihrer Mutter nichts auf Diabetes hinwies. Das konnte aber unmöglich sein, denn sie war seit Jahren Diabetikerin und musste regelmäßig Tabletten einnehmen.
Deshalb hatte sich Gabi heute freigenommen und in der Bäckerei angerufen, um zu sagen, dass sie familiäre Probleme hätte. Ihre Chefin meinte dann sofort, dass sie zu Hause bleiben solle.

Außerdem klagte Selina morgens über Bauchschmerzen und konnte nicht zur Schule gehen. Sie wollte ihre sechsjährige Tochter nicht alleine lassen.

Nach einer Weile erwachte Gabi aus ihrer Starre. »Das kann doch alles nicht wahr sein«, fluchte sie vor sich hin. Irgendwie glaubte sie nicht an eine Verwechslung der Blutproben, wie die Arzthelferin meinte. Es war nur so ein Gefühl, sie konnte es gar nicht beschreiben und hatte natürlich auch keine andere Erklärung dafür.

Kurz entschlossen rief sie nach oben: »Selina, wie geht es dir?«

»Ein bisschen besser«, erfolgte die Antwort.

»Wir müssten mal kurz nach Wilferdingen zur Oma. Meinst du, das geht bei dir?«

»Ich mag da aber nicht hin. Die Oma ist so komisch.«

Das beklemmende Gefühl bei Gabi verstärkte sich.

»Wenn dein Bauchweh besser ist, dann komm doch bitte herunter und fahre mit. Ich möchte dich jetzt nicht hier alleine lassen«, rief Gabi im Befehlston.

Sie hörte lautes Gemeckere, aber dann rührte sich etwas und ihre Tochter erschien. Selinas blonde, kurze Haare standen in alle Richtungen ab und sie hatte gerötete Wangen. Gabi seufzte tief, fasste ihr an die Stirn.

»Du wirst ja hoffentlich nicht auch noch Fieber haben. Aber es hilft alles nichts, wir müssen jetzt zur Oma.«

Als die beiden bei Amelie Rapp ankamen, war es eigentlich wie immer. Und doch ganz anders. Ihre Mutter saß in ihrem Sessel und Gabi hatte sich einen Stuhl vom Esstisch geholt, so dass sie ihr direkt gegenüber saß und sie anschauen konnte.

Selina, die normalerweise immer bei der Oma auf der Sessellehne saß, hatte sich dieses Mal aufs Sofa gesetzt. Gabi sah ihre Mutter an, aber was sie da sah, gefiel ihr nicht, denn sie war blass und sah etwas eingefallen aus.

»Mutter, isst du auch genügend? Fühlst du dich immer noch krank?«, fragte sie besorgt.

»Nein, mir geht es wieder gut«, kam die knappe Antwort.

»Heute Morgen hat unsere Ärztin angerufen und meinte, dass wahrscheinlich deine Blutproben vertauscht worden sind, weil du vollkommen normale Blutwerte hattest, keine Anzeichen für Diabetes. Du musst also noch einmal dort hin. Lass uns das gleich machen. Okay?«

»Blödsinn, das kann ich jetzt auch wieder alleine machen. Du hast bestimmt Besseres zu tun. Übrigens, gut siehst du mit der Frisur aus«, fügte Amelie hinzu.

Gabi starrte sie fassungslos an. Das konnte einfach nicht wahr sein. Ihre Mutter fand es normalerweise schrecklich, wenn sie sich ihre dunkelbraunen, langen Haare, glatt aus der Stirn gekämmt, zu einem Pferdeschwanz zusammenband. Sie meinte sonst immer, dass man so schöne Haare lieber offen tragen sollte.

Nun kam Selina doch noch aus ihrer Sofaecke hervor, stellte sich vor ihre Oma und quengelte:

»Krieg ich ein Eis?«

»Nein, du hast Bauchweh«, mischte sich Gabi ein.

Aber Amelie hatte sich schon erhoben.

»Komm ich gebe dir etwas anderes, wie wäre es mit einem Butterkeks, das kann nicht schaden.«

Selina verschwand mit ihrer Oma in der angrenzenden Küche.

Gabi seufzte und sah sich etwas ratlos um. Alles sah aus wie immer. Ordentlich und sauber. Da fiel ihr Blick auf den gegenüberliegenden Fernsehtisch. Direkt unter dem Fernseher sah ein Teil eines Buches hervor, von dem sie wusste, dass es das Tagebuch ihrer Mutter war.

Wie magisch davon angezogen, ging sie darauf zu. Vielleicht steht da die Lösung des Problems drin, warum Mama so komisch ist, dachte sie sich und griff danach. Sie wollte es gerade aufschlagen, als sie hörte, dass ihre Mutter und Selina zurückkamen. Kurz entschlossen ließ sie das Buch in ihren Korb gleiten, den sie zuvor direkt neben dem Fernsehtisch abgestellt hatte, und zog ihre leichte Sommerjacke, die dort lag, darüber.

Sie schnappte sich den Korb, ging zu ihrer Mutter, küsste sie kurz auf die Wange und rief zu ihrer Tochter: »Komm Selina, lass uns nach Hause fahren. Dann kannst du dich wieder ins Bett legen.«

Diese sah ihre Mutter zwar verwundert an, folgte ihr aber ohne zu murren, nachdem sie sich von der Oma verabschiedet hatte.

Schömberg

Als Lea im Revier ankam und das Gemeinschaftsbüro betrat, war von Alex keine Spur zu sehen. »Wo ist Alex?«

»Der nimmt jetzt doch die restliche Woche seinen Urlaub, da der Fall so ziemlich geklärt ist«, antwortete Katja irritiert, »er hat gesagt, dass er das so mit dir besprochen hat.«

Lea schlug sich andeutungsweise mit der Hand an die Stirn. »Stimmt, aber ich habe gedacht, dass er vielleicht noch hier ist.« Sie verschwand ohne weitere Worte in ihrem Büro.

Rudi und Katja sahen sich kopfschüttelnd an.

»Drehen die jetzt total durch?«, äußerte sich der Kollege, »Alex hat auch fluchtartig das Revier verlassen und sah gar nicht gut aus. Bestimmt haben die sich wieder die ganze Zeit gestritten.«

»Ich weiß auch nicht, wie das mit den beiden weitergehen soll. So kann man doch nicht arbeiten.« Katja kratzte sich nachdenklich an der Nase.

Rudi erhob sich und ging nach vorne, um Saskia zu fragen, ob sie heute wieder mit ihnen zum Essen gehen möchte. Bevor er sein Anliegen vorbringen konnte, öffnete sich die Eingangstür und eine ältere Frau betrat das Polizeirevier.

»Grüß Gott«, sagte diese und eilte sogleich auf Rudi zu und begann, bevor er überhaupt in der Lage war, sie zu begrüßen, mit einem Redeschwall. »Mein Name ist Helga Herrmann. Ich muss unbedingt etwas loswerden. Kann ich mit Ihnen unter vier Augen sprechen?« Sie schaute dabei nervös zu Saskia hin.

»Grüß Gott, Frau Herrmann. Mein Name ist Rudolf Engel«, stellte Rudi sich vor und reichte ihr die Hand, »dann kommen Sie bitte mit in mein Büro.« Er ging voran und Helga Herrmann folgte ihm. Sie sah ängstlich und besorgt aus.
Nachdem sie das Zimmer betreten hatten, deutete Rudi auf Katja. »Das ist meine Kollegin Katja Augenstein. Sie wird sowieso alles Wichtige erfahren, aber wenn es Ihnen lieber ist, kann sie auch den Raum verlassen.«

»Nein, das ist schon in Ordnung.«
Frau Herrmann nahm vor Rudis Schreibtisch Platz und er setzte sich ebenfalls auf seinen Stuhl. Dann begann die ältere Dame stockend zu berichten: »Ich bin die Vermieterin von Herrn Weiß, also Georg Weiß.«

Rudi schaute Helga aufmunternd an, weil sie eine längere Pause einlegte.

»Der Herr Weiß ist ja ein ganz toller Mensch.« Rudi wartete geduldig, bis Frau Hermann weitersprach.

»Und ich möchte ihn auch nicht in Schwierigkeiten bringen, aber ich muss Ihnen etwas erzählen, weil ich sonst nicht mehr schlafen kann.«

Rudi fiel es schwer, abzuwarten und sie nicht zu drängen, auf den Punkt zu kommen.

»Also, ich hatte vor einiger Zeit eine Ratte in meinem Keller gesehen, deshalb habe ich mir Rattengift besorgt.«

Auf einmal wurde Rudi hellhörig und auch Katja setzte sich kerzengerade auf ihrem Stuhl auf. Beide hielten sich zurück und unterbrachen Frau Herrmann nicht.

»Ich hatte ein bisschen davon verwendet, um die Ratte loszuwerden, und das hat auch wunderbar funktioniert. Dann habe ich den Beutel ordentlich zugemacht. Ich habe ihn sogar zugeklebt und extra noch mal nachgeschaut, ob auch draufsteht, dass es sich um Gift handelt, damit niemand auf die Idee kommt, es könnte etwas anderes sein und vielleicht zu Schaden kommen.«

Inzwischen redete Helga flüssiger weiter: »Als ich aber vorgestern in den Keller kam, sah ich, dass der Beutel an einer Ecke geöffnet worden war. Aber ich bin mir ganz sicher, dass das vorher nicht so war. Ich hatte den Rand mehrfach umgeschlagen und sogar zugeklebt.«

Rudi sah sie nachdenklich an. »Wer hat Zugang zu dem Keller?«

»Eigentlich alle, die sich im Haus aufhalten. Der Keller ist nicht abgeschlossen.«

»Aber die Tür zu ihrem Haus ist ja wahrscheinlich geschlossen, oder? Welche Personen besitzen einen Schlüssel dafür?«

»Herr Weiß natürlich, aber auch sein Freund.«

»Sein Freund?«

»Ja, dieser Pfleger, wie heißt er doch gleich? Ach ja, Herr Berger. Der ist übrigens auch ein ganz Netter.«

»Aber wieso hat ein Freund von Georg Weiß einen Schlüssel zu Ihrem Haus?«

Helga sah den Hauptkommissar nachsichtig an und antwortete: »Es ist ja nicht irgendein Freund, sondern eigentlich seine Freundin. Aber ich habe damit überhaupt kein Problem, wie gesagt, das ist ein ganz Netter. Und heutzutage ist das einfach so«, klärte sie den begriffsstutzigen Rudi auf. Dem war das sehr unangenehm. Vor allem, weil

Katja sich hinter Frau Herrmann auf ihrem Stuhl krümmte, um nicht laut herauszulachen.

»Hmmm, ach so. Also, Herr Berger ist der Lebensgefährte von Herrn Weiß. Ist das richtig?«

»Ja, aber sie wohnen nicht zusammen.«

»Okay, und haben Sie sonst noch irgendwelche Besucher von Georg Weiß gesehen?«

»In den letzten zwei Wochen nicht. Aber ich hänge auch nicht immer am Fenster oder bin die ganze Zeit im Hausgang. Manchmal kam seine Mutter zu ihm, aber die ist nun ja tot, wie Georg mir erzählt hatte. Zuletzt habe ich sie vor ungefähr zwei Wochen gesehen. So, das ist alles, was es zu erzählen gibt, aber ich musste das loswerden. Ich hoffe, dass Herr Weiß nichts damit zu tun hat und ich ihn mit meiner Aussage nicht in Schwierigkeiten gebracht habe. Kann ich dann gehen?«, fragte Frau Herrmann, während sie sich etwas langsam, als ob sie Schmerzen hätte, von ihrem Stuhl erhob, »meine Knochen sind auch nicht mehr die jüngsten«, murmelte sie dabei vor sich hin.

Rudi erhob sich ebenfalls und reichte ihr die Hand. »Danke, dass Sie gekommen sind. Wir werden das überprüfen. Es war richtig, dass Sie uns alles erzählt haben. Bitte unterschreiben Sie hier noch Ihre Aussage.« Er deutete auf seinen Schreibtisch und legte das Protokoll vor Frau Herrmann hin. Katja hatte zuvor alles mitgeschrieben, ausgedruckt und ihrem Kollegen zugereicht. Helga beugte sich nach vorne und unterschrieb, sah dabei aber ziemlich unglücklich aus.

»Wir werden herausfinden, ob Ihr Mieter etwas damit zu tun hat. Wir werden dabei behutsam vorgehen und es muss ja nicht sein, dass er das Gift genommen hat«, tröstete Rudi die nette ältere Frau und begleitete sie zur Tür.

Nachdem Helga Herrmann das Revier verlassen hatte, ging Rudi zurück ins Gemeinschaftsbüro, wo ihn Katja immer noch grinsend mit den Worten empfing: »Na, das sind ja mal Neuigkeiten. Möchtest du nicht Lea informieren?«

»Ach herrje, die ist ja in ihrem Büro, das hab ich vollkommen vergessen.« Rudi schüttelte über sich selbst den Kopf und machte sich auf den Weg zur Chefin.

»Was gibt´s?«, empfing sie ihn.

»Gerade war die Vermieterin von Georg Weiß hier, um eine Aussage zu machen.«

»Und warum hast du mich nicht dazu geholt?« Lea klang immer noch schlecht gelaunt.

»Weil Frau Herrmann nur mit mir alleine sprechen wollte und gerade mal Katja duldete. Ich wollte sie nicht vor den Kopf stoßen, dann hätte sie vielleicht gar nichts gesagt. Sie war sich sowieso ziemlich unsicher, ob sie uns das erzählen sollte, denn sie wollte Herrn Weiß nicht schaden.«

»Was hat sie überhaupt erzählt?«

»Dass jemand Rattengift aus ihrem Keller entwendet hat.«

»Wie bitte?« Lea saß nun auch, wie vorhin Katja, kerzengerade auf ihrem Stuhl und Rudi hatte ihre volle Aufmerksamkeit.

»Und das sagst du so nebenbei?«

»Ja, wie soll ich es denn sonst sagen? Du hast mich doch gar nicht richtig zu Wort kommen lassen.« Rudi ließ sich nur selten aus der Ruhe bringen.

»Und wer hat alles Zugang zu dem Keller?«

»Georg Weiß natürlich und sein Freund Richard Berger. Das ist der Pfleger von Heinz Weiß gewesen.«

»Das weiß ich«, unterbrach ihn Lea etwas unwirsch. »Sind die beiden nur befreundet oder ein Paar?«

»Ja klar, ein Paar«, erwiderte Rudi, als ob er das nie in Frage gestellt hätte.

»Okay, das haben sie uns aber verschwiegen. Und wer kann noch in den Keller?«

»Niemand mehr, das war´s. Allerdings ist er nicht abgeschlossen. Jeder, der aus irgendeinem Grund im Haus ist, kann auch in den Keller.«

»Hm, das erschwert natürlich die Sache etwas. Dann muss ich also heute noch mal mit Herrn Weiß sprechen«, überlegte Lea laut, »das übernehme ich. Und da du schon bei Herrn Berger warst und er dich kennt, kannst du das am besten übernehmen. Geh zu ihm, nimm aber Katja mit. Vier Ohren hören mehr als zwei.«

»Okay.« Rudi erhob sich, verließ das Büro und sammelte Katja und Saskia ein, um mit ihnen Mittag essen zu gehen. Heute hatte er keine Lust, Lea mit ihrer schlechten Laune mitzunehmen. Nachmittags würden sie dann zu Richard Berger gehen. Der war meistens zwischen 13.00 und 15.00 Uhr zu Hause anzutreffen, wie er Rudi gesagt hatte, als er das letzte Mal bei ihm gewesen war.

Remchingen

Nachdem Gabi ihre Tochter wieder zurück ins Bett verfrachtet hatte, rief sie den Hund, denn was sie nun brauchte, war ein Spaziergang über die Felder, um erneut ihre Gedanken zu sortieren.

Aber heute konnte sie sich nicht an den von der Sonne angestrahlten grünen Wiesen erfreuen. Sie sah auch nicht die blühenden Obstbäume. Ein bis dahin nicht gekanntes, ungutes Gefühl breitete sich in ihr aus. Sie hatte so eine Vorahnung, dass sich etwas in ihrem Leben komplett ändern würde.

»Sei nicht dumm«, schimpfte sie mit sich selbst. »Was soll schon passieren, nur weil Mama etwas komisch ist«, murmelte sie vor sich hin.

Kurzfristig wurde sie von Max abgelenkt. Sie hatte ihn von der Leine gelassen und nun hüpfte er um sie herum und forderte sie zum Stöckchenwerfen auf.

»Hast ja recht. Du bist ja auch noch da.«
Sie bückte sich und warf einen Stock, so weit sie konnte. Das war es dann aber schon. Es zog sie nach Hause zurück, damit sie einen Blick in das Tagebuch werfen konnte. Sie entschuldigte den kurzen Spaziergang vor sich selbst, weil sie ihre

kranke Tochter nicht so lange alleine lassen wollte.

Zu Hause angekommen, nahm sie sogleich das Buch und setzte sich damit aufs Sofa. Sie benötigte einige Minuten, bis sie sich überwinden konnte, es aufzuschlagen. Dann begann sie zu lesen. Sie bemerkte, dass ihre Mutter, seit ein paar Tagen nichts mehr eingetragen hatte, und entschied sich, bei dem Eintrag vor acht Wochen mit dem Lesen zu beginnen.

Nach einer knappen Stunde saß Gabi fassungslos vor dem Tagebuch. Ein fürchterlicher Verdacht breitete sich in ihr aus. Sie versuchte, einen klaren Gedanken zu fassen. Dann stand ihr Entschluss fest. Sie würde noch heute nach Karlsruhe fahren.

Schömberg

Während Rudi, Katja und Saskia das Café Talblick betraten, sagte die Hauptkommissarin: »Ich werde jetzt den Rahmkuchen fotografieren und das Bild Alex über WhatsApp senden.«

Rudi lächelte nachsichtig, aber Saskia war begeistert von der Idee. Sie wussten, dass normalerweise keine Woche verging, in der Alex nicht hier im Café seinen obligatorischen Rahmkuchen aß.

»Der muss ja schon Entzugserscheinungen haben«, meinte die Sekretärin lächelnd. Jetzt grinste auch Rudi. Er wollte gerade etwas erwidern, als Katja flüsternd sagte: »Da sitzt ja Herr Eckhard, da sollten wir uns unbedingt dazu setzen. Vielleicht erfahren wir noch etwas Wichtiges.«

»Herr Eckhard? Wer war das noch mal?« Rudi schaute seine Kollegin fragend an.

»Na, der Freund von dem Toten. Und er sitzt auch noch an einem größeren Tisch alleine. Die Gelegenheit sollten wir nutzen.«

»Okay, dann fragen wir ihn mal, ob das für ihn so in Ordnung ist.«

Saskia verdrehte genervt die Augen. So hatte sie sich ihre Mittagspause nicht vorgestellt.

Aber jetzt gab es kein Zurück mehr, also machte sie gute Miene zum bösen Spiel.

Inzwischen waren sie beim Tisch von Erich Eckhard angekommen.

»Guten Tag Herr Eckhard«, begrüßte ihn Katja freundlich, »dürfen wir uns vielleicht zu Ihnen an den Tisch setzen oder erwarten Sie noch jemanden?«

Erich Eckhard sah Katja überrascht an, erkannte sie dann aber. Er schaute sich etwas irritiert um. Um ihn herum waren tatsächlich nur kleinere Tische frei, allerdings wäre im Nebenzimmer noch Platz genug gewesen.

Er wunderte sich ein bisschen, aber sein Bedürfnis nach Gesellschaft war so groß, dass er zustimmend nickte. »Aber gerne, nehmen Sie Platz.«

Nach dem Tod des besten Freundes war eine große Leere in sein Leben getreten. Schließlich hatten sie sich mindestens zweimal in der Woche getroffen und gemeinsam etwas unternommen.

Nachdem sich alle gesetzt und ihr Mittagessen bestellt hatten, fragte Katja: »Wie geht es Ihnen Herr Eckhard?«

»Naja, eigentlich nicht schlecht, aber der Tod meines Schulfreundes hat mich schon ziemlich mitgenommen. Schließlich haben wir auch viele Ausflüge miteinander unternommen. So alleine habe ich dazu keine richtige Lust. Darum ist es mir auch im Moment etwas langweilig. Dazu kommt dann noch die Trauer.«

Katja schaute ihn mitfühlend an. »Das kann ich gut verstehen.« Sie litt immer mit allen Menschen mit, die Kummer hatten.

Nun wandte sich Rudi fragend an ihn.

»Wie war denn das Verhältnis von Herrn Weiß zu seinem Sohn?«

Erich schien kurz zu überlegen. »Das war nicht so besonders gut. Schließlich hat Heinz früher auch seinen Sohn öfters mal geschlagen. Er war halt schon immer etwas jähzornig. Aber in den letzten Jahren überhaupt nicht mehr. Und es tat ihm auch sehr leid. Er hat oft mit mir darüber gesprochen«, meinte Erich, seinen toten Freund in Schutz nehmend.

Rudi schaute ihn erstaunt an. »Er hat ihn auch geschlagen?«

»Ja, er konnte sich früher nicht beherrschen. Wenn Georg irgendetwas angestellt hatte, bekam er eine Tracht Prügel.« Erich schaute verunsichert zu Rudi und fügte hinzu: »Aber nicht, dass Sie ihn jetzt verdächtigen. Georg würde so etwas niemals tun. Er hat das seinem Vater auch nicht mehr nachgetragen. Er kümmerte sich regelmäßig um ihn. Außerdem haben die beiden sich schon vor längerer Zeit ausgesprochen.«

»Machen Sie sich keine Gedanken, wir ermitteln in verschiedene Richtungen und überprüfen alles«, beruhigte ihn Katja.

Da das Essen gebracht wurde, verbrachten sie die nächsten zwanzig Minuten schweigend. Dann sprachen sie noch über alles Mögliche und verabschiedeten sich schließlich von Herrn Eckhard.

Dieser bestellte sich einen zweiten Kaffee und freute sich noch nachträglich über die nette Gesellschaft.

...

Rudi und Lea machten sich auf den Weg zu Georg Weiß.
Sie hatten sich zuvor im Besprechungszimmer noch kurz zusammengesetzt, damit Katja und Rudi von dem Gespräch in der Mittagspause berichten konnten.

Lea hatte zuvor bei Herrn Weiß angerufen, um sicherzugehen, dass er zu Hause war.

Nachdem ihre Kollegen bei Richard Berger gewesen waren, ihn aber nicht angetroffen hatten, wollte sie heute nicht noch eine Pleite erleben.

Da Rudi nun Zeit hatte, bat Lea ihn, sie zu begleiten, denn normalerweise war es Vorschrift, Befragungen bei Verdächtigen zu zweit zu erledigen. Darauf wies Kriminaldirektor Karl-Heinz Rauschmayer des Öfteren hin.

Georg erwartete sie schon, machte aber einen etwas gehetzten Eindruck, als ob er es eilig hätte, und bot ihnen dieses Mal nicht an, Platz zu nehmen. So standen sie also bei ihm in der Diele.

Lea war irritiert, ließ sich aber nicht beirren und fing die Unterhaltung mit der Feststellung an: »Herr Weiß, Sie haben uns verschwiegen, dass Sie eine Beziehung mit Herrn Berger haben. Hat das einen bestimmten Grund?«

Georg sah zuerst Lea, dann Rudi zunächst erstaunt und schließlich ärgerlich an.

»Was hat das mit dem Tod meines Vaters zu tun, wenn ich fragen darf?«

»Das weiß ich noch nicht, aber ist es nicht seltsam, wenn Sie vom Pfleger Ihres Vaters sprechen und uns verschweigen, dass Sie ein Paar sind. Also ich mache mir da schon meine Gedanken.«

Georg fuhr sich mit beiden Händen übers Gesicht und seufze tief. »Sie haben ja Recht. Ich konnte in der Öffentlichkeit einfach nicht dazu stehen. Das ist auch die ganze Zeit eine große Belastung für unsere Beziehung gewesen. Nicht wegen meines Rufes, das war mir egal, aber ich hatte Angst, wie meine Eltern, vor allem meine Mutter, darauf reagieren würde. Die Meinung meines Vaters war mir mehr oder weniger egal. Aber das hat sich ja nun erledigt. Ich liebe Richard und das kann auch jeder wissen.«

Inzwischen hatte Georg den beiden doch angeboten, ihm ins Wohnzimmer zu folgen, und sie setzen sich an den runden Esstisch aus Ahornholz.

Rudi wandte sich an ihn. »Und warum haben Sie uns verschwiegen, dass Ihr Vater nicht nur Ihre Mutter, sondern auch Sie geschlagen hat?«

Georg erstarrte, fasste sich aber gleich wieder und meinte: »Das ist mein ganz persönliches Problem und ich möchte da nicht drauf eingehen. Ich denke, ich muss das auch nicht. Nur so viel, ich bin deswegen in psychologischer Behandlung und meine Psychologin hat mir erklärt, dass ich das nicht wahrhaben möchte und es deshalb verdränge.«

Lea sah ihn mitleidig an. »Vielen Dank für ihre Offenheit, wir müssen da auch nicht weiter darauf eingehen.«

Rudi schaute seine Kollegin erstaunt an.

Lea nickte ihm kaum merklich zu. Sie wusste nicht warum, aber sie mochte Georg Weiß und sah keinen Sinn darin, weiter darauf rumzuhacken. Rudi gab ihr im Stillen recht und wechselte das Thema. »Ja, wir sind auch eigentlich aus einem anderen Grund hier. Wir müssen wissen, wer Sie in letzter Zeit alles besucht hat? Denn inzwischen haben wir erfahren, dass aus dem Keller Ihrer Vermieterin - was ja in diesem Falle auch Ihr Keller ist - Rattengift entwendet wurde.«

Georg sah Rudi fassungslos an und wurde noch blasser als zuvor. Er benötigte einige Sekunden, um sich wieder zu fangen, und räusperte sich.

»Und nun meinen Sie, meine Mutter…?«

»Es deutet alles darauf hin.«

Georg überlegte kurz, bevor er tonlos antwortete: »Außer meiner Mutter und meinem Freund hat mich im letzten Vierteljahr niemand besucht.«

Lea schaute ihn nachdenklich an.

»Dann geben Sie uns doch bitte noch alle Adressen von Freunden und Bekannten Ihrer Mutter. Von allen Personen, von denen Sie annehmen, dass sie Kontakt mit ihr hatten.«

»Okay, aber das muss ich in Ruhe machen. Ich habe gleich einen Zahnarzttermin. Ich werde alle Adressen herausschreiben, das sind höchstens zwei oder drei, und sie Ihnen dann vorbeibringen. Oder noch besser, Sie geben mir Ihre E-Mail-Adresse und ich schicke Ihnen später oder morgen die Liste.«

»Gut, danke.« Lea gab Georg ihre Visitenkarte und erhob sich.

Draußen angekommen fragte Rudi: »Was versprichst du dir denn davon?«

»Wovon?«

»Na, von den Namen?«

»Mir ist das alles zu einfach. Man stellt doch kein Rattengift mitten auf die Küchenzeile, wie es Angelika Schneider gemacht hat. Es sei denn, man möchte, dass es gefunden wird.«

»Was willst du denn damit sagen?«

»Na ja, vielleicht wollte sie den Verdacht auf sich lenken, zum Beispiel um ihren Sohn zu schützen.«

»Das kommt mir alles ein bisschen weit hergeholt vor. Denkst du denn, dass er es war?«

»Nein, das glaube ich nicht, aber es kann ja sein, dass Frau Schneider es vermutete. Denk doch nur mal an unseren letzten Fall, da wollte auch Herr Bott seine Frau schützen und sie war es gar nicht.«

»Ja, du hast ja recht, wir müssen schon alles andere ausschließen, bevor wir eine Tote als Mörderin abstempeln. Wir können den Fall erst dann abschließen, wenn wir allen Hinweisen nachgegangen sind.«

»Genau, aber immerhin haben wir keinen Zeitdruck, weil niemand in Gefahr schwebt und auch keiner entführt wurde, so wie das damals der Fall war. Es sieht also so aus, als ob wir unser Wochenende genießen könnten.«

»Das wäre gut. Meine Tochter besucht mich nämlich«, stellte Rudi erleichtert fest.

Remchingen

Gabi holte tief Luft und seufzte. Sie steckte auf der Südtangente, Richtung Karlsruhe im Stau fest. Wenigstens waren die Kinder versorgt.
Sie hatte heute Mittag bei ihrer Nachbarin und Freundin angerufen und nach deren 16-jähriger Tochter Anna-Maria gefragt. Seit zwei Jahren passte diese regelmäßig auf Raphael und Selina auf. Und auch heute hatte Gabi Glück gehabt. Anna-Maria musste nicht zur Schule gehen. Sie besuchte in Remchingen das Gymnasium und hatte oft auch nachmittags Unterricht. Aber heute hatte sie frei. Gabi bestellte daraufhin im Lamm, einem deutsch-italienischen Restaurant, Pizza und ein Nudelgericht und hatte es noch selbst abgeholt, bevor sie losgefahren war. So waren alle versorgt und da die Kinder Anna-Maria über alles liebten, fehlte es ihnen an nichts.
Sie selbst verspürte überhaupt keinen Hunger, obwohl sie normalerweise den selbstgemachten Nudeln mit Gemüse, die es in dem Restaurant gab, nicht widerstehen konnte. Aber heute war ihr der Appetit regelrecht vergangen. Sie sah ein drohendes Unheil greifbar auf sich zukommen.

Glücklicherweise löste sich nun langsam der Stau auf.

Zwanzig Minuten später kam sie am Ziel an, parkte ihr Auto am Straßenrand im Halteverbot, denn sie hatte keine Chance, einen anderen Parkplatz in der Nähe des Hauses, das ihr Ziel war, zu bekommen.

Gabi stieg aus und schaute sich suchend nach der Hausnummer 62 um. Dann ging sie zielstrebig auf das frisch renovierte Haus zu, fand auch sogleich das Namensschild, auf dem Schneider stand, und klingelte. Aber nichts passierte.

Sie drückte den Knopf noch ein zweites und ein drittes Mal, als plötzlich die Tür aufgerissen wurde und ein Kind nach draußen rannte. Geistesgegenwärtig streckte sie ihre Hand aus, um die Türe aufzuhalten, und schlüpfte ins Haus.

Im zweiten Stock fand sie dann die richtige Wohnung und versuchte ihr Glück erneut. Aber auch hier regte sich nach mehrfachem Sturmklingeln und heftigem Klopfen nichts.

Sie wollte schon wieder gehen, als sich auf der gleichen Ebene gegenüber die Tür öffnete.

Ein junger Mann in Anzug und Krawatte mit einem Aktenkoffer unter dem Arm verließ die

Nachbarwohnung. Es sah aus, als ob er es eilig hätte, trotzdem fragte Gabi ihn: »Entschuldigung! Können Sie mir sagen, wann Frau Schneider nach Hause kommt?«

Auf den Mann, der wie ein Versicherungsvertreter aussah, wartete bestimmt schon ein Kunde oder er hatte irgendeinen anderen Geschäftstermin. Auf jeden Fall wurde er nicht langsamer, antwortete aber während des Hinuntergehens: »Die kommt gar nicht mehr nach Hause. Sie ist nämlich vor ein paar Tagen an einem Herzinfarkt gestorben.« Und weg war er.

Gabi fühlte sich, als ob es ihr den Boden unter den Füßen wegziehen würde. Sie setzte sich schnell auf die oberste Treppenstufe und schlug die Hände vors Gesicht.

Ihre schlimmsten Befürchtungen schienen sich zu bewahrheiten. Sie musste sofort zurück nach Remchingen und direkt zur Polizei fahren. Oder doch erst mit ihrer Mutter sprechen?

»Quatsch«, flüsterte sie tonlos, »das ist sie nicht! Meine Mutter ist tot!«

Sie konnte keinen klaren Gedanken mehr fassen, deshalb beschloss sie, sich zunächst heute Abend ihrem Mann anzuvertrauen.

Schömberg

Das Polizeiteam hatte sich zu einer kurzen Besprechung im Gemeinschaftsbüro versammelt.

Rudi und Katja saßen an ihren Schreibtischen und Lea hatte sich zwischen die beiden gesetzt. Saskia blieb vorne in ihrem kleinen Büro, das durch eine Glasscheibe, die sie aufschieben konnte, vom Flur des Polizeireviers getrennt wurde. Es war nicht notwendig, dass sie an allen Besprechungen teilnahm.

»Lasst uns noch besprechen, wie wir morgen weiter vorgehen wollen, dann können wir Feierabend machen«, meinte Lea, »es ist ja schon 18:00 Uhr und ich wüsste wirklich nicht, was wir heute noch tun könnten. Zunächst müssen wir morgen mit dem Pfleger sprechen, da der heute nicht anzutreffen war. Macht ihr das vielleicht morgen, ganz früh, bevor er zur Arbeit geht.«

»Nein, das geht nicht, ich habe morgen früh einen Arzttermin. Das hatte ich euch gesagt«, äußerte sich Katja.

»Das kann ich ja auch alleine machen«, erwiderte Rudi daraufhin.

»Hier macht jetzt überhaupt niemand mehr was alleine«, entgegnete Lea schärfer als beabsichtigt.

»Ist ja schon gut.«

»Ja, Katja, ist in Ordnung, ich hatte es vergessen«, wandte sich Lea nun an die Oberkommissarin.

»Gut, Rudi, dann treffen wir uns morgen hier um acht. Vielleicht habe ich bis dahin auch die Liste mit den Namen der Bekannten von Frau Schneider bekommen. Und Herrn Berger treffen wir eventuell auch in seiner Mittagspause an«, lenkte sie ein.

»Alles klar.« Rudi und Katja verabschiedeten sich und verließen schleunigst das Revier, in dem Leas schlechte Laune wie eine dicke Wolke in der Luft hing.

Lea beschloss, ebenfalls nach Hause zu gehen. Draußen angekommen, blieb sie erst einmal stehen und atmete tief durch. Das machte sie immer so.

Aber, entgegen ihrer sonstigen Gewohnheit, stürmte sie dann in Richtung ihrer Wohnung davon, ohne einen Blick an die sommerliche Idylle zu verschwenden, die sich an diesem lauwarmen Abend im Ort bot. Es war ungewohnt viel los im Ortskern von Schömberg. Alle wollten den schönen Sommerabend nutzen und saßen auf Bänken oder am Tisch des Bistros, das die Sommersaison schon vor ein paar Wochen eröffnet hatte. Einige Passanten bummelten einfach nur die Straßen entlang.

Lea war tief in ihren Gedanken versunken. Und das waren keine angenehmen. In dem Mordfall von Herrn Weiß steckten sie in einer absoluten Sackgasse. Die Hauptverdächtige war tot und außerdem konnte man ihr den Mord nicht einmal eindeutig nachweisen. So konnte sie den Fall natürlich nicht mit gutem Gewissen abschließen.

Lea seufzte tief. Ihre missglückte Beziehung mit Hans-Peter lag ihr schwer im Magen und dann war da ja noch die Sache mit Alex. Gab es da im Moment überhaupt einen Lichtblick in ihrem Leben?

Ihre Freunde - die paar wenigen, die sie hatte -, hatten sich alle zurückgezogen, weil sie nur für ihre Arbeit lebte. »Da muss sich etwas ändern«, murmelte Lea vor sich hin.

Inzwischen war sie zu Hause angekommen und beschloss, sich heute gleich ins Bett zu legen.

Freitag

Rudi parkte sein Auto, stieg aus und ging auf das Haus zu. Er musste das jetzt erledigen. Er klingelte, obwohl er sah, dass die Tür nur angelehnt war. Nachdem sich nichts regte, klopfte er an und wartete kurz, bevor er ins Haus eintrat.

Er rief: »Hallo, ist da jemand?«

Da er keine Antwort bekam, schlich er die paar Schritte bis ins Wohnzimmer und rechtfertigte sich damit, dass ja was passiert sein könnte.

Es war totenstill. Nur das Ticken einer Uhr war zu hören. Er betrat den Raum, drehte den Kopf zuerst nach rechts und dann nach links. Er wollte gerade nochmals rufen, als er nur noch einen dunklen Gegenstand auf sich zukommen sah - dann war da außer vollkommener Dunkelheit nichts mehr…

Schömberg

Es war schon kurz nach acht, als Lea das Revier betrat. Saskia rief fröhlich: „Guten Morgen".
Sie war zu früher Stunde meistens gut gelaunt. Ihre schwarzen halblangen Haare standen in alle Richtungen.

Lea grüßte zurück. Sie mochte die Sekretärin und konnte ihr nichts lange nachtragen.
Im Grunde war Verlass auf Saskia und nicht ihre Schuld, dass sie immer gerade dann Urlaub hatte oder krank war, wenn etwas passierte und sie dringend gebraucht wurde.
Die drei Mal, die sie in letzter Zeit verschlafen hatte, ließ Lea ihr im Moment ohne Abmahnung durchgehen. Da gab es gerade wirklich größere Probleme.

Sie wunderte sich, dass es im Gemeinschaftsbüro so ruhig war, wollte die Tür öffnen und hineingehen, als Saskia ihr hinterherrief: »Rudi ist noch nicht da.«
Das wunderte Lea, denn sie konnte sich nicht erinnern, dass er jemals verschlafen hatte. Außerdem hatten sie ausgemacht, sich heute um acht zu treffen.

Nachdenklich ging sie in ihr eigenes Büro und schaute nach den empfangenen E-Mails.

»Gut«, sprach sie laut vor sich hin, denn Georg Weiß hatte ihr die Liste mit Adressen und Telefonnummern von den Freundinnen seiner Mutter geschickt.

Drei Namen hatte er angegeben. Alle wohnten in Karlsruhe. Bei einer Elisabeth Eigner hatte er vermerkt, dass es ihre beste Freundin gewesen sei und bei den anderen, dass es nur flüchtige Bekannte wären.

»Dann werde ich dieser Frau Eigner mal einen Besuch abstatten«, murmelte sie. Das kann ja wohl nicht wahr sein, jetzt führe ich schon Selbstgespräche.

Lea bearbeitete noch einige Vorgänge, die in letzter Zeit liegengeblieben waren, und schaute dann auf ihre Armbanduhr. Sie erschrak, denn es war schon 9.30 Uhr und immer noch keine Spur von Rudi. Das passte überhaupt nicht zu ihm. Zumindest hätte er angerufen, wenn etwas passiert wäre, überlegte sie. Was sollte sie tun? Sie hatte schon mehrfach versucht, ihn auf seinem Handy zu erreichen, aber er ging nicht ran.

Einen Festnetzanschluss besaß er nicht. Am liebsten würde sie nach Oberlengenhardt fahren und nachschauen, obwohl sie sich davon nicht viel versprach, denn selbst wenn er bewusstlos sein sollte, kam sie ja nicht in die Wohnung hinein. Sie konnte schließlich nicht die Tür aufbrechen lassen, nur weil der Kollege nicht pünktlich zur Arbeit gekommen war. Da Lea aber keine bessere Idee hatte, informierte sie Saskia und machte sich auf den Weg.

Eine halbe Stunde später kehrte sie erfolglos zurück ins Revier. Nach mehrfachem Klopfen an Rudis Tür hatte sie immer wieder Sturm geklingelt, gerufen und nochmals auf seinem Handy angerufen. Nichts. Direkte Nachbarn waren zumindest im Moment nicht anwesend. Das Haus bestand außer Rudis Wohnung nur aus Ferienwohnungen, die zwar belegt waren, aber wahrscheinlich unternahmen die Feriengäste alle Ausflüge.

Lea ließ sich frustriert auf den Schreibtischstuhl ihres Büros sinken, nachdem sie auf Saskias Frage, ob sie Rudi angetroffen hatte, nur den Kopf schüttelte. Was sollte sie tun?

Kurz entschlossen griff sie zum Telefonhörer und wählte die Nummer von Alex. Sie hatte keine andere Wahl. Alleine kam sie nicht weiter. Nach dem fünften Klingeln nahm er das Gespräch entgegen.

»Ja, hallo«, meldete er sich. Er hatte Leas Nummer auf dem Display erkannt.

»Was gibt´s?«

»Alex, kannst du kommen?« Mehr brachte Lea zunächst nicht heraus.

Der Hauptkommissar, der ihre Verzweiflung heraushörte, legte sofort seinen herausfordernden Ton ab. »Was ist passiert?«

Lea erklärte ihm alles.

»Außerdem hat Katja einen Arzttermin und wird wahrscheinlich erst heute Nachmittag da sein«, fügte sie hinzu.

Alex ließ sie gar nicht weiterreden. »Ich bin schon unterwegs«, äußerte er sich, bevor er das Gespräch beendete.

Lea stieß einen Seufzer der Erleichterung aus.

Es dauerte keine zwanzig Minuten, bis Alex eintraf. Kurz nach ihm kam Katja nichtsahnend an.

Fröhlich rief sie: »Hallo.« Erst dann fielen ihr

die betroffenen Gesichter der Kollegen auf.

Inzwischen saßen sie alle - auch Saskia hatte sich dazu gesetzt - im Besprechungszimmer.

Als Katja hörte, was passiert war, war sie fassungslos. Sie konnte keinen klaren Gedanken fassen. Eine wahnsinnige Angst um ihren Kollegen überfiel sie. Das konnte doch nicht wahr sein. Rudi war immer zuverlässig, er würde niemals einfach von der Arbeit fernbleiben, ohne sich zu melden.

»Warum habt ihr nicht seine Haustüre aufgebrochen«, rief sie hysterisch, »bestimmt ist ihm was passiert. Vielleicht liegt er ohnmächtig in seiner Wohnung.«

Lea und Alex sahen ihre Kollegin bestürzt an.

»Jetzt beruhige dich erstmal. Wir können doch nicht die Tür aufbrechen, nur weil ein erwachsener Mensch mal ein paar Stunden verschwunden ist. Das weißt du doch selbst«, versuchte der Hauptkommissar sie zu beruhigen. Er schüttelte den Kopf über Katjas Ausbruch. Diese erhob sich und rannte mit den Worten: ‚Ich fahre da jetzt hin', davon. Und weg war sie.

Fassungslos sah Lea Alex und Saskia an.

»Geht's noch? Macht hier jetzt jeder, was er will?«

»Jetzt sei mal nicht ungerecht«, erwiderte Alex, »sie macht sich halt Sorgen um Rudi. Schließlich sind die beiden befreundet.«

Lea seufzte: »Na dann, auf Alex, fahr ihr hinterher. Bring sie zurück und lass uns besprechen, was wir unternehmen sollen.« Das ließ er sich nicht zweimal sagen und rauschte ebenfalls davon.

Schwarzenberg

Als Rudi wieder zu sich kam, hatte er rasende Kopfschmerzen. Ganz langsam kam die Erinnerung zurück. Er war so dumm gewesen, dass er nicht auf die Anweisung seiner Chefin gehört hatte, nichts im Alleingang zu unternehmen.
Er hatte das Gespräch mit Richard vor der morgendlichen Besprechung erledigen wollen. Aber das ging nun leider voll daneben.

Er wartete, bis seine Augen sich an die Dunkelheit gewöhnt hatten und stellte fest, dass er sich in einem Keller befand.
Ein Lichtstrahl fiel durch ein kleines Fenster weit oben im Raum daneben. Da die Tür zum nebenan liegenden Kellerraum offen stand, konnte er ganz gut sehen, wo er lag. Er war direkt unterhalb der Treppe und lag auf einem harten Kellerboden. Rudi wollte aufstehen, da fuhr ihm ein stechender Schmerz ins linke Bein. Es war unmöglich, er konnte sich nicht mehr bewegen. Da war bestimmt etwas gebrochen.
Hatte der Kerl - er ging jetzt mal davon aus, dass es Richard Berger gewesen war, denn schließlich befand er sich in seinem Haus - ihn etwa die

Kellertreppe hinuntergestoßen, nachdem er ihm eins über den Kopf gegeben hatte?

Rudi war nicht der Mensch, der leicht in Panik verfiel, jetzt aber war ihm reichlich unbehaglich zumute. Er war sich sicher, dass seine Kollegen ihn finden würden, die Frage war nur wann? Das machte ihm Sorgen, denn er fühlte sich miserabel und sein Kopf dröhnte fürchterlich.

Es war aussichtslos, sich selbst zu befreien. Es hätte ihm nicht einmal etwas genützt, wenn die Kellertüre nicht abgeschlossen wäre, da er die Treppe nicht hinaufkommen konnte.

Um Hilfe rufen brachte ebenfalls nicht, denn es würde ihn sowieso niemand hören. Zwischen den Häusern waren zu große Abstände und es befand sich ein Garten dazwischen. Ihm blieb also nichts anderes übrig, als abzuwarten. Handyempfang hatte er hier unten auch nicht. Das musste derjenige, der ihn niedergeschlagen hat, gewusst haben, denn sonst hätte er ihm das Handy abgenommen.

Das alles zerrte sogar an Rudis Nerven. Normalerweise ging er nie in ein fremdes Haus, ohne mit der Pistole in der Hand und sich nach allen Seiten schauend abzusichern. Aber er hatte ja nur vorgehabt, Herrn Berger ein paar Fragen zu stellen. Als dann die Tür offen stand, dachte er, ihm könnte vielleicht etwas passiert sein. Vor allem, weil er auf sein Rufen keine Antwort bekommen hatte.

Das würde ihm für sein weiteres Leben eine Lehre sein, falls er hier wieder lebend herauskam.

Rudi seufzte resigniert und rutschte ein Stück zurück, um sich aufzusetzen und an die Wand zu lehnen. Auch das war ihm nur unter heftigen Schmerzen möglich.

Schömberg/Oberlengenhardt

Auf der kurzen Strecke nach Oberlengenhardt musste Katja rechts in einen Waldweg hineinfahren und anhalten. Ihr war schwindelig. Sie wollte keinen Unfall riskieren. Eigentlich hatte sie nur vor, ein paar Mal tief ein und aus zu atmen.

Aber nachdem sie den Motor ausgemacht hatte, legte sie den Kopf, das Gesicht mit den Händen bedeckt, aufs Lenkrad, schluchzte auf und weinte hemmungslos. Katja konnte gar nicht mehr aufhören zu heulen. Ihr Hals war wie zugeschnürt, sie hatte panische Angst um Rudi und zudem ein ungutes Gefühl. Vor allem wurde ihr klar, dass sie ihn liebte. Wie konnte sie nur so blind gewesen sein. Sie hatte sich die ganze Zeit etwas vorgemacht. Zuerst war da ihre blöde Schwärmerei für Alex. Rudi hatte sie immer wieder gefragt, ob sie sich mal mit ihm in ihrer Freizeit treffen würde. Jedes Mal hatte sie eine andere Ausrede gehabt. Schließlich hatte er nicht mehr gefragt.

Dann freundeten sie sich an und sie hatte sich selbst eingeredet, dass es nur für eine Freundschaft ausreichen würde. Und nun, wo ihr das klar wurde, was er ihr wirklich bedeutete, war es zu spät. Außerdem hatte er ja jetzt eine Freundin. Niemals würde sie ihm unter diesen Umständen ihre Gefühle gestehen.

Plötzlich sah Katja einen BMW in den Waldweg hineinfahren. Nachdem er hinter ihrem Auto anhielt, erkannte sie, dass es sich dabei um ihren Kollegen Alex handelte. Entsetzt versuchte sie ergebnislos, sich ihre Tränen wegzuwischen.

Da war er auch schon da und klopfte an das Autofenster. Resigniert ließ sie die Scheibe hinunter.

Alex sah Katja schweigend an. Ihre Augen waren vom Weinen gerötet und von ihrem dunklen Pagenschnitt klebten ein paar Strähnen an ihren Wangen. Mit großen Augen sah sie Alex verzweifelt an.

»Hey Katja, was ist los?«

»Was soll denn diese dämliche Frage. Rudi ist weg«, fauchte sie ihn an. Das war für die sonst so sanfte Katja ungewöhnlich.

»Das weiß ich«, erwiderte Alex leise, ging zur anderen Seite des Autos, öffnete die Tür und ließ sich auf den Beifahrersitz fallen.

Dort legte er seine Hand auf Katjas Rücken und streichelte darüber.

»Jetzt beruhige dich doch erst einmal. Wir werden ihn finden.«

Katja schluchzte auf, schaute dann aber ihren Kollegen hoffnungsvoll an. »Meinst du?«

Alex sah sie nachdenklich an. »Du liebst ihn, stimmt´s?«

»Ja, aber ich weiß das erst seit ein paar Minuten«, antwortete sie zögernd, »aber du darfst es ihm nicht sagen.«

»Aber warum denn nicht?«

»Er hat doch jetzt eine Freundin. Sie heißt Christine und er ist richtig verliebt.«

»Quatsch, die schickt er doch für dich in die Wüste, da bin ich mir ganz sicher, so wie er dich immer anschaut.«

»Ich will das aber nicht. Ich bin ja selbst schuld an der Situation. Wäre ich nicht so blind gewesen...« Und schon wieder schluchzte Katja laut auf.

Alex, dem heulende Frauen ein Graus waren, nahm sie trotzdem in die Arme.

»Wir müssen den Rudi zuerst mal finden«, äußerte er sich nach einer Weile.

»Du hast recht. Was schlägst du vor?«

»Wir fahren jetzt zusammen zu seiner Wohnung und da werden wir hineingehen und nachschauen, ob er vielleicht da ist.«

»Hast du denn einen Schlüssel?«

»Nein, natürlich nicht. Aber wenn er nicht abgeschlossen hat, haben wir ja Möglichkeiten hinein zu kommen.«

»Aber wir können doch nicht einfach…«

»Hast du eine bessere Idee?«, unterbrach Alex seine Kollegin.

»Nein. Es kann ja auch sein, dass er ohnmächtig geworden ist.« Katja sah ihn angstvoll an.

Der hatte von dem Hin und Her inzwischen die Nase voll. »Auf geht´s! Wir gehen nachschauen«, erwiderte er entschlossen und wollte aussteigen, aber Katja hielt ihn am Arm fest.

»Kein Wort zu niemand, versprich mir das.«

»Von mir aus«, seufzte Alex, stieg aus, ging zu seinem Auto, ließ sich stöhnend auf den Fahrersitz fallen, wendete und fuhr los.

Katja, die jetzt doch froh war, dass Alex da war, folgte ihm.

Schömberg

Lea lief nervös im Revier den Gang hin und her. Wo blieben die denn nur? Das konnte doch nicht wahr sein. Sie hatte das Gefühl, als ob ihr alles aus den Händen gleiten würde. Nichts funktionierte im Moment so, wie sie es sich vorstellte.

Sie wollte gerade zum Telefon greifen und Alex anrufen, als sie sein Auto hörte. Sie begab sich ins Gemeinschaftsbüro und schaute aus dem Fenster. Zum Glück, sie waren es.

Lea wartete ungeduldig, bis die beiden eintraten und sich mit finsteren Mienen auf ihren Schreibtischstühlen niederließen.

»Wo um alles in der Welt wart ihr denn so lange? Ich muss nach Karlsruhe fahren.«

Katja schaute sie nur teilnahmslos an, aber Alex antwortete: »Rudi ist nicht in seiner Wohnung.«

»Das habe ich euch doch gesagt.«
Lea war verärgert.

»Ja, aber wir waren drin.«

»Ah«, sagte Lea nur. Sie hatte keinen Nerv, sich deswegen zu streiten. Sie schaute Katja an.

»Wie siehst du überhaupt aus? Jetzt reiß dich doch mal zusammen! Das kann man ja nicht mit anschauen.«

Katja war wieder den Tränen nahe, aber sie wurde abgelenkt, weil Saskia den Raum betrat.

»Habt Ihr Rudi gefunden?«, wollte sie wissen.

Die drei schüttelten resigniert die Köpfe.

In diesem Moment klingelte das Telefon. Der schrille Ton ließ, wie immer, alle erschreckt zusammenfahren. Lea nahm das Gespräch entgegen. »Polizeirevier Schömberg, Sonntag, guten Tag.«

Eine kurze Zeit hörte sie mit gerunzelter Stirn zu, dann schaute sie fassungslos ihre Kollegen an.

»Das ist ja unglaublich. Sie stand, beziehungsweise steht«, stotterte Lea herum, »unter dem Verdacht, ihren geschiedenen Ehemann vergiftet zu haben.«

Nach einer Pause fuhr sie fort: »Ja, klar, sicher. Wir kommen sofort zu Ihnen nach Remchingen. Alles andere kann warten. Behalten Sie Frau Schneider bitte solange da, damit wir sie vernehmen können.«

Jetzt schauten die Kollegen Lea verwirrt an. Nachdem sie das Gespräch beendet hatte, drängten die drei, sie schnellstens darüber aufzuklären, was passiert war.

»Also, das ist die unglaublichste Geschichte, die ich jemals gehört habe. Aber wir haben jetzt keine Zeit, um alles erklären zu können. Nur soviel: Frau Schneider lebt!«

Die Anwesenden im Raum sahen ihre Chefin sprachlos an.

Lea sprang auf und ordnete an: »Komm, Alex! Wir fahren zu den Remchinger Kollegen, da werden wir Genaueres erfahren und anschließend halten wir hier eine Besprechung ab.«

Sie war schon an der Tür, gefolgt von Alex, als sie sich nochmals umdrehte und zu Katja schaute.

»Und du fährst bitte in der Zwischenzeit nach Karlruhe zu Elisabeth Eigner.« Sie legte das Blatt mit der Adresse, das sie zuvor ausgedruckt hatte, auf Katjas Schreibtisch. »Das ist eine gute Freundin von Angelika Schneider. Du musst sie befragen, vielleicht können wir da etwas Interessantes über unsere Hauptverdächtige erfahren.«

»Und was ist mit Rudi?«, rief Katja entsetzt auf, »ich kann doch jetzt nicht irgendwelche Befragungen machen und Rudi ist vielleicht in Lebensgefahr.« Sie war immer noch nicht in der Lage, einen klaren Gedanken zu fassen.

»Ich habe vorhin schon gesagt, dass du dich zusammenreißen sollst«, entgegnete Lea wütend, »da Frau Schneider lebt, ist es dringender, den Fall aufzuklären. Wir dürfen keine Zeit verlieren. Vielleicht hat das alles ja mit Rudis Verschwinden zu tun. Wir wissen es nicht.«

»Lea hat recht«, mischte sich nun Alex ein. Wir müssen einen klaren Kopf behalten. Fahr nach Karlsruhe. Damit hilfst du ihm wahrscheinlich mehr, als wenn du sinnlos die Gegend absuchst.«

Katja seufzte, sagte aber nichts.

Lea und Alex machten sich auf den Weg.

Remchingen

Lea und Alex kamen gut voran. Sie fuhren übers Grösseltal und hatten somit den Stadtverkehr in Pforzheim vermieden, der üblicherweise um die Mittagszeit heftig war.

So erreichten sie dreißig Minuten später Remchingen.

Lea hatte ihren Kollegen unterwegs über alles informiert. Allerdings war es nicht allzu viel, was ihr der Remchinger Polizeibeamte am Telefon erzählt hatte. Immerhin wussten sie nun, dass es sich bei der Toten nicht um Angelika Schneider, die Exfrau des Vergifteten, sondern um ihre Zwillingsschwester Amelie Rapp aus Wilferdingen handelte. Die Schwestern hatten sich anscheinend erst vor Kurzem kennengelernt und ab und zu getroffen.

Mehr wusste Lea im Moment nicht. Inzwischen waren sie beim Polizeirevier angekommen, das sich fast am Ende des Ortes befand.

Da sie auf dieser Straßenseite keinen freien Parkplatz fanden, fuhren sie die paar Meter bis zum Kreisverkehr, umrundeten ihn einmal, um die Hauptstraße auf der anderen Seite bis auf Höhe des Reviers zurückzufahren. Dort fanden sie dann auch sogleich auf dem Parkstreifen eine Möglichkeit, das Auto abzustellen.

Sie beeilten sich, über die stark befahrene Straße zu gelangen. Lea hatte dem Kollegen versprochen, so schnell wie möglich zu kommen, weil dieser gemeint hatte, er könne Frau Schneider nicht ewig festhalten wegen eines Verbrechens, das nichts mit dem Mord in Schwarzenberg zu tun hatte. Endlich betraten sie das ältere Haus, in dem sich die Remchinger Polizeidienststelle befand.

Eine mittelgroße Frau um die vierzig mit rötlichem Kurzhaarschnitt kam ihnen entgegen und begrüßte die beiden.

»Guten Tag, Sie sind sicher die Kollegen aus Schömberg?«

Lea nickte, aber die Frau wartete gar nicht erst die Antwort ab.

»Ich bin Hauptkommissarin Damaris Steinbinder und das ist mein Kollege Oberkommissar Klaus Kübler.« Sie deutete auf den jungen Polizeibeamten, der ihr gefolgt war und nun den beiden ebenfalls die Hand reichte.

»Hallo, Lea Sonntag.«

»Alexander Wandhoff, Guten Tag«, stellte sich nun auch Alex vor.

Er und Lea folgten den Kollegen in ein kleineres Büro und nahmen ihnen gegenüber an einem rechteckigen Tisch auf bequem gepolsterten Stühlen Platz.

»Dann werde ich Sie erst einmal aufklären, wie es zu der Verwechslung kommen konnte, bevor ich Sie dann zu Frau Schneider bringe«, begann Damaris das Gespräch.

Lea und Alex nickten zustimmend.

»Heute Morgen kam Frau Richter, die Tochter von Amelie Rapp - die bis zu ihrem Tod hier in Remchingen wohnte - zu uns, und erzählte uns eine ziemlich verrückte Geschichte. Ehrlich gesagt, dachten wir zuerst, die Frau spinnt. Aber dann zeigte sie uns das Tagebuch ihrer Mutter und was darin geschrieben stand machte die ganze Sache schon glaubhafter.«

Lea wurde langsam ungeduldig und Alex rutschte ebenfalls nervös auf seinem Stuhl hin und her. Wenn die Frau immer so um den heißen Brei herumredete, dann fragte er sich, wie lange sie wohl bräuchte, um ihre Fälle aufzuklären.

Aber gleich wurden sie doch wieder von ihren

nächsten Worten gefesselt und hörten aufmerksam zu.

»Gabriele Richter wunderte sich immer mehr über das seltsame Verhalten ihrer Mutter und auch die Kinder bemerkten, dass ihre Oma total verändert war. Als dann noch die Blutwerte von Frau Rapp nicht ihre jahrelange Diabetes bestätigten, fasste Frau Richter einen Entschluss. Sie glaubte nicht an eine Verwechslung der Blutproben, deshalb nahm sie bei ihrem nächsten Besuch heimlich das Tagebuch ihrer Mutter mit nach Hause.

Beim Lesen musste sie dann zu ihrem Entsetzen feststellen, dass Amelie Rapp ihrer Tochter verschwiegen hatte, eine Zwillingsschwester zu haben. Bis vor Kurzem hatte sie das selbst nicht gewusst, da beide gleich nach der Geburt zur Adoption freigegeben worden waren. Zufälligerweise hat sie davon erfahren und nach einigen Nachforschungen dann ihre Schwester ausfindig machen können. Sie verabredeten sich in Karlsruhe - wie Sie wissen, wohnt Angelika Schneider dort - und traf sich zunächst mit ihr in einem Café. Da sich die beiden Frauen blendend verstanden, besuchte Frau Rapp ihre Zwillingsschwester noch drei weitere Male und wollte dann eigentlich die ganze Geschichte ihrer Tochter erzählen. Dazu kam es aber nicht mehr, weil sie einem Herzinfarkt erlag. Zunächst wäre Angelika Schneider total geschockt gewesen - erzählte sie uns -, fasste dann aber den Entschluss einfach in die Rolle ihrer Schwester zu schlüpfen, um einer Anklage wegen Mordes an ihrem Ex-Mann zu entgehen.«

Damaris machte eine kurze Verschnaufpause.

Lea und Alex hatten fassungslos zugehört.

Nun räusperte sich der Hauptkommissar.

»Das ist ja wirklich eine Wahnsinnsgeschichte.«

»Ja klar, Amelie Rapp wurde eindeutig als Angelika Schneider identifiziert. Schließlich lag sie ja auch in deren Wohnung. Und da sie eineiige Zwillinge waren, konnte es nicht einmal der eigene Sohn bemerken«, fügte Lea kopfschüttelnd hinzu.

»Genau. Und tatsächlich sahen die beiden auch total gleich aus. Sie hatten sogar zufälligerweise fast die gleiche Frisur und da der Sohn von Frau Schneider sie nicht jede Woche gesehen hatte und sie ihre Frisur auch öfters änderte, ist ihm nichts aufgefallen.«

Einen Moment lang schwiegen alle. Diese Story musste erst einmal verarbeitet werden.

Als Lea ihre Gedanken sortiert hatte, sagte sie zu Damaris Steinbinder und deren Kollegen, der die ganze Zeit geschwiegen hatte: »Dann bringen Sie uns doch bitte mal zu Frau Schneider.«

Klaus Kübler erhob sich. »Ja, kommen Sie, hier entlang!«

Damaris stand ebenfalls auf und folgte den Kollegen ins Vernehmungszimmer, das sich am Ende des Ganges befand.

Der Anblick, den Angelika Schneider ihnen bot, war bemitleidenswert. Sie saß zusammengesunken auf einem dunkelbraunen Holzstuhl am einzigen Tisch in diesem Raum, den die Remchinger Polizei für Verhöre benutzte. Nachdem sie alle Platz genommen und Lea und Alex sich vorgestellt hatten, fragte die Hauptkommissarin:

»Sie wissen, warum wir hier sind?«

Angelika Schneider nickte. »Ja, ich weiß, dass ich eine riesengroße Dummheit gemacht habe.«

»Was meinen sie damit?«

»Ja, also, als meine Schwester auf einmal tot umfiel, war ich natürlich zunächst fassungslos und am Ende meiner Nerven. Wir hatten uns ja erst gefunden. Ich hatte bis vor Kurzem keine Ahnung, dass ich eine Zwillingsschwester hatte. Wir verstanden uns blendend und wollten es in den nächsten Tagen auch unseren Familien mitteilen. Und dann lag sie auf einmal leblos vor mir.«

Angelika schluchzte auf und musste sich erst wieder fangen.

»Dann habe ich mir aber überlegt, dass das die Gelegenheit wäre, einfach mein Leben, das gerade in einer Sackgasse gelandet war, hinter mir zu lassen.«

»Warum ist Ihr Leben in einer Sackgasse gelandet?«, unterbrach Lea sie.

»Naja, ich habe immerhin meinen geschiedenen Mann vergiftet. Ich überlegte mir gerade, mich deswegen umzubringen und dann lag da meine tote Schwester vor mir, die genauso aussah wie ich. Da fasste ich den Entschluss, in ihre Rolle zu schlüpfen. Natürlich wusste ich, dass es ein großes Risiko war aufzufliegen, denn Amelie hatte mir erzählt, dass sie ein gutes Verhältnis zu ihrer Tochter und ihren Enkelkindern hatte. Aber ich hatte auch schon viel über ihr Leben erfahren und außerdem nichts zu verlieren. Ich dachte, ich könnte mich zuerst einfach ein bisschen krank stellen und dann würde das gar nicht so auffallen. Ihre Diabetes erwähnte Amelie ganz am Anfang kurz, aber das hatte ich dann total vergessen.«

»Aber haben Sie denn überhaupt nicht an Ihren Sohn gedacht?«, fragte Alex ungläubig.

»Doch, gerade deswegen, ja also gerade deshalb habe ich es ja gemacht. Was soll er denn mit einer Mörderin als Mutter?«

»Dann erzählen Sie uns mal, wie sie Ihren Ex-Mann vergiftet haben«, führte Lea nun die Befragung wieder fort.

»Hmm, ja, also ich war am Samstagnachmittag bei ihm. In letzter Zeit habe ich ihn oft besucht, um ihm zu helfen, denn trotz allem, was er mir angetan hat, bedeutete er mir immer noch viel und ich konnte es nicht ertragen, dass er nach seinem Sturz so hilflos war.«

»Sie meinen, weil er Sie geschlagen hat?«

Frau Schneider sah Lea verblüfft an.

»Ihr Sohn hat uns das erzählt«, erklärte diese.

»Ja, aber er hatte sich geändert und ich spielte mit dem Gedanken, wieder zu ihm zurückzukehren.«

»Dann überrascht es mich aber umso mehr, dass Sie ihn vergiftet haben.«

Bei Angelika Schneider stellte sich kurzfristig ein bestürzter Gesichtsausdruck ein, aber sie erwiderte dann: »Ich weiß auch nicht. Ich sah im Keller meines Sohnes das Rattengift und habe einfach nicht lange darüber nachgedacht. Die Gelegenheit war perfekt. Heinz hatte mich an diesem Tag geärgert und dann nahm ich mir einfach etwas von dem Gift.«

»Und eine Schüssel hatten Sie auch zufälligerweise dabei?«, wollte Alex wissen.

»Ähm, ja«, druckste Angelika herum.

»Wegen dem Essen, das ich ihm an diesem Tag mitgebracht hatte.«

»Und wann war das?«

»Ein paar Tage zuvor.«

»Okay, und wie ging es dann weiter?«

»Als ich dann letzten Samstag bei ihm war, hatte er keinen Hunger und ich sagte, dass er sich das Essen ja abends aufwärmen könne. Das Gift war ja schon drin.«

Lea schaute Angelika zweifelnd an.

»Hatten Sie denn überhaupt keine Angst, dass auch ein anderer davon hätte essen können?«

Ohne über diese Frage zu erschrecken oder darüber nachzudenken, erwiderte sie: »Nein, darüber habe ich mir keine Gedanken gemacht.«

Lea meinte kopfschüttelnd: »Wissen Sie was?«

»Nein.«

»Ich glaube Ihnen kein Wort.«

Alex nickte zustimmend.

»Aber warum denn nicht?«, fragte Angelika aufgeregt.

»Da sind viel zu viele Widersprüche. Ich denke, Sie möchten nur Ihren Sohn schützen, weil Sie glauben, dass er seinen Vater umgebracht hat, weil der ihn auch immer geschlagen hatte.«

Angelika ließ den Kopf sinken und sagte nichts.

Alex räusperte sich: »Dazu gibt es aber überhaupt keinen Grund. Wir verdächtigen ihn, zumindest im Moment, gar nicht.«

Langsam hob Angelika den Kopf, sah die Polizeibeamten an, dachte kurz nach und sagte dann leise: »Ja, es stimmt, ich wollte ihn schützen. Ich dachte, er hat ihn umgebracht. Vor allem, weil ich das Rattengift im Keller gesehen hatte. Ich habe tatsächlich mit der ganzen Sache nichts zu tun.«

Alex schaute Angelika resigniert an. Er hasste es, wenn die Ermittlungen so im Sand verliefen. Auf der anderen Seite war er aber froh, dass sie die sympathische Frau nicht verhaften mussten. Er hatte Mitleid mit ihr. Lea, die bemerkte, dass Frau Schneider am Ende ihrer Kräfte war, sagte:

»Nun gut, wir lassen Sie, zumindest für heute, in Ruhe. Um die andere Sache kümmern sich unsere Kollegen hier.« Lea blickte zu Damaris Steinbinder und Klaus Kübler, »der Betrug fällt nicht in unseren Bereich. Allerdings würde ich Ihnen raten, schnellstens mit Ihrem Sohn Kontakt aufzunehmen.«

Jetzt erschien ein Strahlen auf Angelikas Gesicht. »Ja, das werde ich sofort tun. Und es tut mir auch furchtbar leid, was ich Amelies Familie angetan habe. Ich bereue es auch schon vom ersten Tag an. Gabi und die Kinder sind mir in den paar Tagen richtig ans Herz gewachsen und ich hoffe, dass sie mir irgendwann einmal verzeihen können. Ich bin so froh, dass die Beerdigung meiner Schwester, wegen den besonderen Umständen ihres Todes, erst nächste Woche ist.

Da können wir jetzt wenigstens alle Abschied nehmen.«

»Nun gut.« Lea erhob sich und reichte Angelika Schneider die Hand. Alex tat es ihr gleich.

Sie verließen zusammen mit Damaris Steinbinder das Vernehmungszimmer, nachdem sie sich auch von Klaus Kübler verabschiedet hatten.

Die Hauptkommissarin brachte die beiden zum Ausgang.

»Das ist doch eine unglaubliche Geschichte«, stellte sie fest, »oder nicht?«

»Da haben Sie recht«, antworteten Alex und Lea, wie aus einem Munde.

»Also, dann tschüss, bis zum nächsten Mal«, sagte Lea beim Hinausgehen.

»Ja, aber vielleicht lieber bei einer anderen Gelegenheit«, rief Damaris ihnen lächelnd hinterher.

Auf dem Weg zum Auto hatte Alex eine Idee.

»Als wir vorhin dort vorne den Kreisverkehr einmal umrundet haben, habe ich gegenüber vom Bahnhof eine Pizzeria gesehen und jetzt bemerke ich gerade, dass ich einen Riesenhunger habe. Was meinst du dazu?«

»Das ist jetzt nicht dein Ernst. Rudi schwebt vielleicht in Lebensgefahr und du denkst ans Essen«, meinte Lea empört.

»Was nützt es dem Rudi, wenn ich vor lauter Hunger keinen klaren Gedanken fassen kann? Lass uns kurz was essen gehen. Dabei können wir beratschlagen, wie wir weiter vorgehen sollen, um Rudi schnellstens zu finden. Ich denke, dass auch Katja gerade Mittagspause macht oder noch überhaupt nicht aus Karlsruhe zurück ist. Also verpassen wir im Moment nichts.«

»Okay, dann machen wir das so«, gab Lea nach, da sie wusste, dass mit Alex, wenn er einen leeren Magen hatte, rein gar nichts anzufangen war.

Inzwischen waren sie wieder im Kreisverkehr angekommen. Lea, die dieses Mal am Steuer saß, nahm die Ausfahrt Richtung Königsbach und bog sogleich rechts ab, auf den Parkplatz der Pizzeria. Da es wieder ein wunderschöner Frühsommertag war, nahmen sie im Biergarten etwas abseits einer größeren Gesellschaft Platz, um sich ungestört unterhalten zu können.

Nachdem Lea sich eine vegetarische Pizza und Alex eine mit Meeresfrüchten bestellt hatte, kamen sie wieder auf Angelika Schneider zu sprechen.

»Irgendwie tut mir die Schneider leid, schließlich hat sie aus Verzweiflung gehandelt«, meinte Lea.

»Ja, aber trotzdem nervt es, wenn man meint, dass ein Fall geklärt ist und dann geht alles wieder von vorne los. Und dann verschwindet auch noch Rudi.«

»Du glaubst also auch nicht, dass sie es war?«

»Nein, sie war es nicht, da bin ich mir ganz sicher! Aber ich habe das Gefühl, dass sie uns irgendetwas verschweigt«, meinte Alex nachdenklich.

»Das geht mir genauso.«

Eine Weile schwiegen sie beide. Jeder hing seinen Gedanken nach, bis Alex plötzlich die Stille unterbrach: »Du Lea, ich habe nachgedacht, wir können so nicht weitermachen. Das stört das Betriebsklima und mir geht es auch nicht gut dabei.«

Betreten sah Lea ihren Kollegen an. »Was meinst du?«

»Komm, Lea, jetzt stell dich nicht so an. Wir sind doch erwachsene Menschen und können uns doch mal richtig aussprechen.«

»Okay«, erwiderte Lea leise.

»Ich mag dich sehr und wenn ich ehrlich bin, habe ich mich richtig in dich verliebt. Ich suche kein Abenteuer, wie du vielleicht denkst.«

Es dauerte eine Zeitlang, bis Lea in der Lage war, zu antworten. »Ich mag dich ja auch, aber es macht keinen Sinn eine Beziehung anzufangen. Erstens sind wir selten einer Meinung und streiten ständig. Verstehst du, wir passen einfach nicht zusammen. Und außerdem kann ich mir nicht vorstellen mit einem Partner zusammen zu arbeiten. Das ist im Allgemeinen ja schon schwierig, aber bei uns beiden kann ich mir das überhaupt nicht vorstellen.«

»Ja, aber wir könnten das Ganze vielleicht auch locker angehen, es bringt doch nichts, gegen seine Gefühle anzukämpfen«, meinte Alex frustriert.

Da gerade das Essen gebracht wurde, war es für Lea eine gute Gelegenheit, das Gespräch zu beenden.

»Lass uns ein anderes Mal darüber sprechen, wir haben im Moment doch ganz andere Sorgen.«

Verletzt schaute Alex seine Kollegin an, sagte aber nichts mehr.

Karlsruhe - Schömberg

Katja und Saskia befanden sich auf dem Rückweg von Karlsruhe nach Schömberg. Sie waren bei Elisabeth Eigner, der Freundin von Angelika Schneider, gewesen.

Nachdem Katja zuvor auf dem Revier wie ein Häufchen Elend dagesessen war und keine Anstalten gemacht hatte, zu Frau Eigner zu fahren, entschloss sich Saskia, ihre Mittagspause ausfallen zu lassen und ihre Kollegin zu begleiten. Ihr war klar, dass diese sonst gewaltigen Ärger mit Lea bekommen würde. Schließlich waren sie inzwischen schon fast Freundinnen.

Da Katja nicht sehr fahrtüchtig aussah, setzte sich die Sekretärin ans Steuer ihres Opels. Die Hauptkommissarin schaute sie dankbar an und ließ sich auf den Beifahrersitz fallen.

Die Befragung war schnell erledigt. Katja stellte kaum Fragen und Elisabeth Eigner erzählte von sich aus nicht allzu viel. Saskia bemerkte, dass das Gespräch einiges zu wünschen übrig ließ, aber da dies nicht zu ihren Aufgaben gehörte, mischte sie sich nicht ein.

Viel Neues hatten sie also nicht erfahren. Frau Eigner wusste darüber Bescheid, dass Angelika

Schneider die Schuld auf sich nehmen wollte, um ihren Sohn zu schützen. Das hatte die Freundin ihr im Vertrauen erzählt. Das bestätigte aber nur ihren bisherigen Verdacht.

Katja schwieg auf der Rückfahrt fast die ganze Zeit. Auch bei der Befragung war sie nicht bei der Sache gewesen. Ihre Gedanken kreisten ständig um Rudi. Wo war er nur? Hoffentlich geht es ihm gut, grübelte sie. Was konnte sie nur tun? Saskia unterbrach die Stille, indem sie fragte:

»Warum seid ihr eigentlich nicht zusammen, der Rudi und du?«

»Warum sollten wir zusammen sein? Wir sind doch nur Freunde«, antwortete Katja, nicht sehr überzeugend.

»Ja, klar. Das merkt man auch ganz deutlich.« Spöttisch blickte Saskia ihre Beifahrerin an.

»Äh, was hast du gesagt?«

»Ach, gar nichts.«

Katja gab sich mit der Antwort zufrieden und starrte weiter vor sich hin.

Als sie wieder in Schömberg angekommen waren und vor dem Polizeirevier parkten, meinte sie zu Saskia: »Ich muss dann noch mal kurz weg, was erledigen. Ich komme gleich wieder.

Alex und Lea sind ja eh noch nicht da. Geh du schon mal rein. Okay?«

Die Sekretärin hatte unterwegs Katja mehrfach angesprochen, dass ihr der Magen knurre und sie dringend etwas zu essen bräuchte, aber auch darauf war Katja nicht eingegangen.
Deshalb zuckte sie jetzt resignierend mit den Schultern.

»Wenn du meinst, aber sag mir wenigstens wo du hingehst, schließlich muss ich das wissen, falls unsere Chefin vor dir zurückkommt und fragt wo du bist.«

Aber nachdem die beiden aus Saskias Opel ausgestiegen waren, lief Katja eiligst zu ihrem Auto, das auf dem Parkplatz daneben stand, stieg ein und brauste, ohne der Sekretärin zu antworten, in Richtung Bad Liebenzell davon.

Kopfschüttelnd schaute Saskia ihr hinterher.

Schwarzenberg

Nach kurzer Strecke bog Katja links ab, um nach Schwarzenberg in den Eulenweg zu fahren. Sie parkte direkt vor dem Haus, das Richard Berger gehörte. Katja stieg aus, eilte zur Tür und klingelte Sturm. Aber drinnen rührte sich nichts.
Nachdem sie noch ein paar Mal geklingelt und gegen die Tür gehämmert hatte, gab sie es auf und setzte sich wieder ins Auto. Kurzfristig hatte sie die Hoffnung gehabt, ihren Kollegen hier anzutreffen. Es war nur so ein Gefühl gewesen, weil sie wusste, dass Rudi, wenn er sich etwas in den Kopf gesetzt hatte, das auch durchführte. Sie erinnerte sich an seinen Gesichtsausdruck, als Lea ihm verboten hatte, vor Beginn der Arbeitszeit alleine zu Richard Berger zu gehen. Gestern hatte sie sich noch überlegt, ob er sich wohl daran halten würde?
Aber wahrscheinlich war das eine blöde Idee von ihr gewesen, denn, warum sollte er jetzt immer noch hier sein? Und was konnte ihm hier schon passiert sein? Richard Berger war schließlich kein Verbrecher - oder vielleicht doch? Katja wusste nicht mehr, was sie denken sollte.

Irgendwie hatte sie das Gefühl, ganz in der Nähe von Rudi zu sein.
Aber es half jetzt alles nicht, sie musste zurück aufs Revier, denn alleine konnte sie sowieso nicht allzu viel ausrichten.

Schömberg

Georg war dabei, Kaffee aufzusetzen, als sein Handy klingelte. Er erkannte an der speziell für Richard eingestellten Melodie, dass er es war. Deshalb ließ er alles stehen und eilte ins Wohnzimmer, um das Gespräch anzunehmen. Es dauerte einen Moment, bis er das Handy auf der Sofalehne fand.

»Hallo Richard. Mist! Zu spät, er hat schon aufgelegt«, schimpfte er vor sich hin.

Dann sah er, dass sein Freund eine Nachricht auf der Mailbox hinterlassen hatte, und hörte sich diese sogleich an.

Was er da vernahm, beunruhigte ihn ziemlich. Richard hatte gehetzt geklungen und ihm, mit dem auf die Sprachbox gesprochenen Text, zu verstehen gegeben, dass er so schnell wie möglich in ihr gemeinsames Ferienhäuschen ins Allgäu kommen solle.

Nachdem Georg mehrfach versucht hatte, ihn zurückzurufen, setzte er sich zunächst irritiert aufs Sofa und dachte nach.

Was sollte er nur tun? So etwas war jetzt überhaupt nicht geplant. Aber Richard hatte sich angehört, als ob er kurz vorm Durchdrehen wäre.

So kannte er ihn nicht. Normalerweise war er der Vernünftigere in ihrer bisher einjährigen Beziehung.

»Also gut, dann fahre ich doch am besten sofort los«, sprach Georg laut vor sich hin, seufzte und schüttete den Kaffee weg. Die Lust darauf war ihm vergangen.

Er verließ das Haus, stieg ins Auto und fuhr los. So würde er wenigstens gegen Abend dort sein und würde erfahren, was passiert war.

...

Inzwischen war das Polizeiteam wieder vollzählig im Besprechungszimmer versammelt.

Sie hatten sich gerade alle, einschließlich Saskia, um den Tisch gesetzt, als Katja loslegte:

»Wir müssen etwas unternehmen! Ich bin mir sicher, dass Rudi im Haus von Richard Berger gefangen gehalten wird.«

Lea sah ihre Kollegin stirnrunzelnd an. »Und wie kommst du darauf?«

»Das sagt mir mein Gefühl.«

»Und deshalb sollen wir das Haus durchsuchen, obwohl Herr Berger nicht da ist? Ich glaube, du schaust dir zu viele Krimis an«, meinte die Chefin etwas ungehalten, »Rudi ist noch nicht mal einen Tag weg, da können wir nicht gleich einen Suchtrupp losschicken und einen Durchsuchungsbeschluss bekommen wir auch noch nicht. Ein erwachsener Mann, der gerade mal ein paar Stunden nicht zur Arbeit erschienen ist, da brauchen wir nicht gleich in Panik verfallen«, bekräftigte Lea das Gesagte. Ihr Gesichtsausdruck sagte allerdings etwas anderes. In Wirklichkeit machte sie sich große Sorgen, wollte aber ihre Kollegen nicht noch mehr beunruhigen.

Katja schaute ihre Chefin zornig an und wollte etwas erwidern, als sie den warnenden Blick von Alex sah. Der signalisierte ihr, ruhig zu bleiben. Da sie sich sicher war, dass ihr Kollege nicht einfach Feierabend machen würde, bevor sie Rudi gefunden hatten, schwieg sie.

»Was hast du bei Frau Eigner erfahren?«, wollte Lea nun wissen.

»Nicht viel, nur, dass Angelika Schneider die Tat auf sich nehmen wollte, um ihren Sohn zu schützen«, gab Katja Auskunft.

»Das wissen wir schon, allerdings haben wir nun noch die Bestätigung dafür. Und möchtest du nicht wissen, was wir in Remchingen alles erfahren haben?«

»Doch natürlich«, erwiderte die Oberkommissarin, sah allerdings nicht so aus, als ob es sie interessieren würde.

Dafür platzte Saskia beinahe vor Neugierde. Deshalb berichtete nun Alex zunächst vom Verhör von Frau Schneider.

Die Sekretärin hörte mit offenem Munde zu und kam aus dem Staunen gar nicht mehr raus. Selbst Katja schüttelte zwischendurch staunend den Kopf. Aber sogleich kehrten die Gedanken aller Anwesenden wieder zum vermissten Rudi zurück.

Lea sagte nach kurzem Nachdenken: »Ich weiß wirklich nicht, was wir heute noch tun könnten.«

Alex erhob sich mit den Worten: »Dann kann ich ja Feierabend machen, okay?«

Katja sah ihn fassungslos an und auch Lea war irritiert, meinte dann aber: »Es spricht nichts dagegen.«

Nachdem Alex das Polizeirevier verlassen hatte, wandte sich Lea an Saskia und Katja.

»Ich würde sagen, dass ihr auch nach Hause geht und Kräfte sammelt für morgen. Ich bleibe hier und rufe zumindest mal alle Krankenhäuser an, vielleicht ist Rudi ja auch verunglückt und meldet sich deshalb nicht.«

»Das ist eine gute Idee«, stimmte Saskia ihrer Chefin bei. Katja nickte nur, stand auf und verabschiedete sich. Lea sah ihr nachdenklich nach.

...

Rudi versuchte, stöhnend seine Haltung etwas zu ändern, schaffte es aber kaum. Irgendetwas hatte ihn aus seinem Dämmerschlaf gerissen, wobei er nicht wusste, ob er tatsächlich eingeschlafen oder vor lauter Schmerzen ohnmächtig geworden war. Sein ganzer Körper tat weh. Zusätzlich machte ihm die Kälte hier unten zu schaffen.

Vor allem der Schmerz im Bein war unerträglich. Jetzt hörte er ein leises Klingeln, da war jemand oben an der Haustüre. Nur nützte ihm das wenig, denn vor ein paar Stunden hatte es schon einmal geklingelt. Er hatte daraufhin laut gerufen, aber ohne Erfolg. Er nahm an, dass der Keller sehr gut schallisoliert war, denn er konnte auch das Klingeln nur schwach hören.

Das kleine Fenster von nebenan ging leider nach hinten hinaus. Er würde sich seine Kraft aufheben und warten müssen bis seine Kollegen ums Haus kamen und dann ...

Nach einer Weile schreckte er erneut hoch.

Was ist passiert? Wo bin ich?, fragte er sich. Verwirrt schaute er sich um, bis ihm wieder alles einfiel. War er etwa eingeschlafen? Nein, das konnte nicht wahr sein, er wollte doch warten bis seine Kollegen ihn hinten im Garten suchen würden. Er konnte unmöglich geschlafen haben, er war wahrscheinlich wieder bewusstlos gewesen. So langsam geriet der sonst so gelassene Hauptkommissar in Panik, vor allem weil er nicht wusste, ob er beim Sturz innere Verletzungen erlitten hatte, denn er fühlte sich sehr schwach. Der harte, kalte Kellerboden machte das Ganze nicht gerade besser. Er bekam es ernsthaft mit der Angst zu tun.

So habe ich mir mein Lebensende nicht vorgestellt, dachte er resigniert. Er ließ sich verzweifelt auf die Seite fallen. Tausend Gedanken schossen ihm durch den Kopf. Er dachte an Katja, an die anderen Kollegen und an seine Beziehung mit Christine.

Remchingen

Gabi saß mit ihrem Mann und den Kindern im Wohnzimmer. Ihr Gesicht war vom Heulen aufgequollen, sie war in eine Starre verfallen, aus der sie nicht herauszukommen schien.

Auch bei ihrem Mann Robert und den Kindern war die Trauer groß. Sie konnten das Geschehene gar nicht begreifen, da es einfach unglaublich war.

Betretenes Schweigen herrschte im Haus, bis Selina schließlich losplapperte: »Aber die andere Frau sieht ja genauso aus, kann die nicht jetzt unsere Oma sein?«

»Du spinnst wohl«, schnaubte Raphael wütend, du hast sie wohl nicht mehr alle.«

Sein Vater sah ihn beschwichtigend an.

»Psst, jetzt sei mal nicht so zu deiner Schwester. Sie ist halt noch klein.«

»Nein, ich bin gar nicht klein«, Selina stampfte mit dem Fuß auf, »aber warum soll die falsche Oma alleine in Karlsruhe wohnen, wenn Omas Haus hier leer steht und außerdem mag ich die auch.«

Mit entschlossenem Gesichtsausdruck starrte Selina zuerst ihre Eltern und dann ihren Bruder an.

Gabi hatte das Gespräch ohne jegliche Gefühlsregungen verfolgt und flüsterte nun leise vor sich hin: »Ich weiß nicht, ob ich ihr das jemals verzeihen kann. Vielleicht werde ich irgendwann einmal mit ihr sprechen können, in Anbetracht der Tatsache, dass Mama sie sehr mochte, wie ich aus ihrem Tagebuch erfahren habe. Aber im Moment kann ich mir das nicht vorstellen.«

Sie seufzte tief und ließ ihren Kopf auf Roberts Brust sinken. Der nahm sie fest in die Arme und beruhigte sie ein wenig.

Schömberg

Nachdem die Kollegen das Revier verlassen hatten, saß Lea nachdenklich in ihrem Büro. Sie konnte sich nicht erinnern, jemals in so einer verzwickten Lage gewesen zu sein. Wie sie es drehte und wendete, sie hatte keine schnelle Lösung parat. Bei Gefahr in Verzug, könnten sie schon in das Haus von Richard Berger eindringen, aber eigentlich deutete nichts darauf hin.

Sie könnte einen Durchsuchungsbeschluss beantragen, aber würde sie den bekommen, nur weil ein Kollege einmal nicht zur Arbeit erschien? Verzweifelt schüttelte sie den Kopf. Sie hatte vor den Anderen nur so gelassen getan, da sie niemanden beunruhigen wollte, in Wirklichkeit war sie selbst voller Sorge um Rudi. Sie fühlte sich außerdem von Alex im Stich gelassen. Wie konnte der unter diesen Umständen, einfach nach Hause gehen und Feierabend machen?

Es war schon 20:00 Uhr. Ich kann doch jetzt nicht auch heimgehen und nichts unternehmen. Wer weiß, wie es Rudi geht. Hoffentlich lebt er überhaupt noch, grübelte Lea.

Sie war sich sicher, dass er sich melden würde, wenn er das könnte. Rudi war der zuverlässigste Mensch, den sie kannte. Deshalb fasste sie einen Entschluss. Sie würde sofort versuchen, einen Durchsuchungsbeschluss zu bekommen. Immerhin war Richard Berger nun auch tatverdächtig.

Bei der Lösung des Falles standen sie wieder ganz am Anfang. Es war zum Verzweifeln. Aber ich möchte nichts unversucht lassen, alles Menschenmögliche muss jetzt getan werden, überlegte sie und griff nach dem Telefon, um die Staatsanwaltschaft anzurufen.

Allgäu

Es war schon 19:00 Uhr, als Georg bei dem gemeinsamen Ferienhäuschen ankam. Er war inzwischen immer nervöser geworden. Er hatte unterwegs mehrfach versucht, Richard zu erreichen, aber es meldete sich nur die Mailbox. Was war nur los mit ihm?

Er parkte im Carport, stieg aus, eilte schnellen Schrittes zum Eingang, schloss die Tür auf und betrat das Haus. Dort herrschte Totenstille. Vorsichtig öffnete er die Glastür, die ins Wohnzimmer führte und erschrak.

Richard saß auf der großen schwarzen Couch aus weichem Leder und starrte teilnahmslos vor sich hin. Mit verzweifeltem Gesichtsausdruck sah er ihm entgegen. Georg stürzte zu seinem Freund, packte ihn an den Schultern und schüttelte ihn leicht. »Was ist los mit dir? Warum jagst du mir so einen Schrecken ein und gehst nicht an dein Handy?«

»Ich wollte das nicht, das musst du mir glauben«, stammelte er.

»Was um alles in der Welt, wolltest du nicht? Jetzt rede endlich!«

Richard schien aus seiner Starre zu erwachen.

»Ich habe eine riesengroße Dummheit gemacht. Es tut mir so leid.« Jetzt fing er an zu schluchzen. Georg war nahe dran, die Geduld zu verlieren. Er atmete tief durch, dachte kurz nach und setzte sich schließlich neben ihn. Ihm war klargeworden, dass er so nicht weiterkam. Außerdem sah er, dass sich Richard in wirklich schlechter Verfassung befand.

Dieser hatte sich jetzt endlich etwas gefangen und fing an zu sprechen: »Du hast deinen Vater umgebracht. Habe ich recht?«

»Du hast sie wohl nicht mehr alle. Wie kommst du denn da drauf?«

Jetzt schaute Richard seinen Partner direkt an und fragte hoffnungsvoll: »Hast du es nicht getan?«

Georg hatte kurzfristig seine Sprache verloren und erwiderte nun: »Natürlich nicht! Aber ich verstehe das Ganze nicht. Warum bist du hier?«

»Ich war mir ganz sicher, nach allem, was dir dein Vater angetan hat, dass du ihn vergiftet hast«, stammelte Richard, »und dann habe ich heute Morgen vom Schlafzimmerfenster aus gesehen, dass dieser Polizist angefahren kommt. Ich wusste nicht, was ich machen sollte. Ich habe dich im Geiste schon im Gefängnis gesehen. Das konnte ich doch nicht zulassen. Dann war in meinem Kopf plötzlich ein Plan. Du musst mir glauben, ich konnte nicht mehr klar denken. Ich ging die Treppe hinunter, öffnete die Haustür, lehnte sie an und lief ins Wohnzimmer, um mich hinter der Wand des Esszimmers zu verstecken. Der Polizist kam herein, so wie ich es mir vorgestellt hatte, nachdem er mehrfach geklingelt hatte.

Als er dann das Wohnzimmer betrat, habe ich mit einem dicken Holzstück, das ich mir zuvor aus dem Kaminholzkorb geholt hatte, zugeschlagen. Dann habe ich ihn in den Keller geschleppt. Auf den letzten Stufen ist er mir aus den Händen geglitten. Wahrscheinlich hat er sich dabei auch noch verletzt.«

Georg hatte bis dahin fassungslos zugehört. Nun unterbrach er Richard.

»Das ist ja Wahnsinn. Bist du verrückt geworden? Der kann ja jetzt schon tot sein. Wir müssen sofort im Polizeirevier anrufen, vielleicht kann man ihn noch retten. Was hast du dir nur dabei gedacht?« Georg war außer sich.

»Glaube mir, ich kann es jetzt auch nicht mehr nachvollziehen, ich habe überhaupt nicht nachgedacht. Zunächst wollte ich nur mit dir abhauen, irgendwohin ins Ausland. Ich habe auch vorgehabt, von dort aus gleich auf dem Polizeirevier anzurufen, damit die ihren Kollegen befreien können. Aber dann konnte ich keinen klaren Gedanken mehr fassen und bin auf dem schnellsten Weg hierher gefahren. Ich dachte mir, wenn du erst mal hier bist, können wir gemeinsam überlegen, was wir machen sollen.«

Georg sah sein Gegenüber an, als ob er ihn das erste Mal sehen würde und wollte sich mit den Worten ‚ich rufe da jetzt an' erheben, als Richard ihn am Arm festhielt und anflehte: »Bitte nicht, lass uns nach Hause fahren und selbst nachschauen, ob Herr Engel - ich glaube, so heißt er - noch lebt.«

Georg ließ sich wieder aufs Sofa fallen, stützte seinen Kopf auf die Hände und verharrte so eine Weile regungslos. Schließlich sprang er auf und rief barsch: »Dann steh auf und lass uns fahren. Ich hoffe nur für dich, dass Herr Engel am Leben ist. Aber vielleicht kommst du so um eine Anzeige rum. Wenn ich jetzt die Polizei alarmiere, dann ist es öffentlich und wir können das nicht mehr verhindern. Hoffentlich lassen die mit sich reden und sehen davon ab, dich oder gar uns beide anzuzeigen. Wir können nur hoffen, dass der Engel nicht gerade in den nächsten zwei Stunden stirbt.« Georg schaute seinen Lebensgefährten mit eiskaltem Blick an. Alle Liebe war darin erloschen. Der folgte ihm mit gesenktem Kopf und sagte nichts mehr. Ihm war klar, ganz egal, wie die Sache ausgehen würde, die Beziehung zu Ende sein würde. Und das nur wegen seiner eigenen Dummheit.

Schwarzenberg

Katja parkte ihr Auto etwas entfernt vom Eulenweg, in einer ruhigen Seitenstraße. Sie hatte gewartet, bis es vollkommen dunkel war. Den Entschluss, im Alleingang in das Haus von Richard Berger einzudringen, hatte sie schon nachmittags bei der Besprechung in ihrer Dienststelle gefasst. Nachdem niemand von ihren Kollegen bereit gewesen war, nach Rudi zu suchen, entschloss sie sich, nichts mehr zu sagen und die Sache selbst in die Hand zu nehmen. Sie kam fast um vor Sorge um ihn und konnte nicht verstehen, dass die anderen das so kalt ließ. Vor allem von Alex hätte sie mehr Unterstützung erwartet.

Inzwischen war sie beim Haus von Herrn Berger angekommen. Da sie sich einen schwarzen Jogginganzug angezogen hatte und sich auf ihren leichten Sportschuhen extrem leise fortbewegen konnte, hoffte sie, dass niemand sie bemerken würde. Vorsichtshalber klingelte sie zweimal. Man konnte ja nicht ausschließen, dass Herr Berger inzwischen doch daheim war. Aber es regte sich nichts im Haus.

Es dauerte keine Minute und die Tür war offen. Da sie schon öfters für ihre Freundinnen die

Wohnungstür geöffnet hatte, wenn diese ihre Schlüssel verloren hatten, fiel ihr das nicht schwer. Sie hatte außerdem Glück, dass Richard Berger nicht zugeschlossen, sondern die Tür nur zugezogen hatte. Sonst wäre es problematisch geworden und sie hätte wahrscheinlich erfolglos wieder gehen müssen. Aber so trat sie leise in den Hausgang ein und schloss lautlos die Tür hinter sich.

Ein leichter Lichtschimmer schien vom oberen Flur den Gang hinunter, sodass Katja ihre Taschenlampe nicht zu benutzen brauchte.

Sich nach allen Seiten mit der Pistole absichernd, schlich sie geradeaus in Richtung Wohnzimmer. Mit einem großen Schritt, betrat sie den Raum, drehte sich, mit dem Finger am Abzug der Waffe, blitzschnell nach links und dann nach rechts, als sie plötzlich ein leises Geräusch an der Haustür vernahm. Da machte sich jemand an der Tür zu schaffen, und zwar so leise, dass es unmöglich der Hausbesitzer sein konnte.

Blitzschnell sprang Katja nach rechts und stellte sich mit dem Rücken hinter die kurze Wand, die das Esszimmer vom Wohnzimmer trennte.

Vielleicht war es ja doch keine so gute Idee gewesen, alleine hierher zu kommen, dachte sie beklommen. Aber nun gab es kein Zurück mehr. Tatsächlich hörte Katja, dass die Tür geöffnet und wieder geschlossen wurde. Dann vernahm sie kaum hörbare Schritte in ihre Richtung.

Da der leichte Lichtschimmer vom Hausflur auch das Wohnzimmer etwas erleuchtete, sah sie sofort, dass die andere Person hereinkam. Sie fuhr mit der Waffe nach vorne gerichtet herum und rief: »Polizei! Hände nach oben!«

Entsetzt starrte sie geradewegs in den Lauf einer Pistole.

Schömberg

Unruhig ging Lea im Revier auf und ab. Sie hatte es nicht fertig gebracht, nach Hause zu gehen.

Nachdem sie den Durchsuchungsbeschluss beim Staatsanwalt angefordert hatte, musste sie abwarten, ob er genehmigt würde. Angespannt wartete sie auf das erlösende Fax.

Inzwischen machte sie sich große Sorgen um Rudi. Ihr Gefühl sagte ihr, dass er sich in Gefahr befand, wenn sie sich auch nicht vorstellen konnte, wo er sein könnte. Deshalb war es besser, mit der Suche im Haus von Richard Berger anzufangen, anstatt überhaupt nichts zu tun. Außerdem war dieser inzwischen tatverdächtig und unauffindbar. Ganz seltsam war es, dass sie seinen Lebensgefährten Georg Weiß ebenfalls nicht erreichen konnte. Sie hatte es mehrfach auf dem Festnetz und auf seinem Handy versucht. Das kam ihr nun doch sehr verdächtig vor. Dazu kam, dass der Polizeipräsident Karl-Heinz Rauschmayer heute schon wieder angerufen hatte, ob der Fall nun bald gelöst sei.
Nicht, dass der noch hier auf dem Polizeirevier, mitten im Chaos erschien, um nach dem Rechten zu sehen.

Das würde ihr gerade noch fehlen.

Ihre Nerven lagen blank. Da - Lea zuckte vom Summen des Faxgerätes zusammen -, wurde der Durchsuchungsbeschluss durchgefaxt.
Eine Welle der Erleichterung durchflutete sie. Jetzt musste sie nur noch Verstärkung anfordern.

Mit neuem Schwung griff sie zum Telefon, während sie gleichzeitig nach ihrer leichten Sommerjacke angelte und sie währenddessen überstreifte.

Schwarzenberg

»Wie konntest du mich nur so erschrecken?«, stieß Katja keuchend hervor. Sie blitzte Alex, der sie fassungslos anstarrte, wütend an.

Dieser würgte, nicht weniger ärgerlich, die Worte heraus: »Und wie konntest du im Alleingang hierher kommen und dein Leben aufs Spiel setzen?«

»Und du? Setzt du dein Leben hier nicht ebenfalls aufs Spiel?«

»Das ist was vollkommen anderes.«

»Ah…«, wollte Katja sich empört äußern, als sie von unten aus dem Keller eine Stimme hörten - Rudis Stimme.

Sie hatten vor lauter Empörung, kurzfristig vergessen, warum sie überhaupt hier waren.

Katja drehte den Kopf, Richtung Kellertür, strahlte und schoss davon. Alex rief ihr noch hinterher: »Warte! Du weißt nicht, was da unten los ist.«

Aber seine Kollegin beachtete ihn überhaupt nicht. Sie schloss die Tür auf - zum Glück steckte der Schlüssel -, riss sie auf und raste auf halsbrecherische Weise die Kellertreppe hinunter.

Alex beeilte sich - mit der Pistole schussbereit in der Hand -, hinterherzukommen.

Nachdem er einige Stufen hinabgestiegen war, blieb er kopfschüttelnd stehen. Katja hatte sich auf Rudi gestürzt, klammerte sich an ihn und schluchzte. Rudis Blick war schmerzverzerrt, aber glücklich, als er Alex über seine Kollegin hinweg anschaute.

Nachdem sie sich alle etwas beruhigt hatten, halfen sie dem Hauptkommissar vorsichtig beim Aufstehen. Mit dem verletzten Bein konnte er nicht auftreten. Deshalb legte er seine Arme, jeweils rechts und links um seine Kollegen und so hievten sie ihn langsam, aber vorsichtig, die Treppe hinauf. Sie schafften es mit Müh und Not nach oben.

Im Wohnzimmer legten sie Rudi auf das Dreisitzersofa und ließen sich vollkommen erschöpft auf das andere Teil der Sitzgruppe fallen.

Jetzt erst sahen sie, nachdem sie Rudis blasse Gesichtsfarbe bemerkt hatten, dass er total erledigt war. Kurzerhand griff Alex nach seinem Handy und rief den Notarzt.

Plötzlich hörten sie, dass die Haustür aufgeschlossen wurde. Alex und Katja griffen sofort nach ihren Dienstwaffen.

»Hast du das Licht angelassen?«, fragte Georg verwirrt, nachdem sie das Haus betreten hatten.

Das war ihm schon draußen aufgefallen, aber da war er von irgendeinem Geräusch abgelenkt worden.

»Das Ganglicht oben vielleicht, aber unten sicher nicht«, entgegnete Richard argwöhnisch.

Inzwischen waren sie im Wohnzimmer angekommen und starrten entsetzt auf die Kriminalbeamten, die ihre Pistolen auf sie gerichtet hatten, und auf den verletzten Rudi.

»Es tut mir so leid! Ich kann Ihnen alles erklären«, stammelte Richard weinerlich.

»Wir wollten ihren Kollegen gerade befreien«, erklärte Georg, nachdem er seine Sprache wieder gefunden hatte, an Katja und Alex gewandt.

»Na, da bin ich mal gespannt«, antworteten die beiden, wie aus einem Munde, ließen aber die Waffen sinken.

Auf einmal fuhren alle Köpfe Richtung Hausgang herum, weil heftig gegen die Tür geklopft und gleichzeitig Sturm geklingelt wurde.

Katja und Rudi erkannten die Stimme ihrer Chefin. »Kripo Schömberg, machen Sie die Tür auf!«

Georg, der inzwischen am Ende seiner Nerven war, eilte zur Haustür, um zu retten, was zu retten war, öffnete die Eingangstür und ließ die Beamten eintreten.

Lea stand im Türrahmen des Wohnzimmers, hinter ihr zwei weitere Polizeibeamte, die sie als Verstärkung angefordert hatte, nachdem sie ergebnislos versucht hatte, Alex und Katja zu erreichen und starrte fassungslos auf das Bild, das sich ihr bot.

Richard Berger hatte sich auf den Sessel gesetzt, der mit der Lehne zur Tür stand und traute sich nicht, den Kopf zu drehen. Am liebsten hätte er sich in ein Mäuseloch verkrochen.

Nun kam auch der Rettungswagen mit lautem Sirenengeheul an.

Alex und Katja kam es vor, als ob inzwischen eine Ewigkeit vergangen wäre, dabei waren es höchstens fünfzehn Minuten gewesen.

Rudi lag teilnahmslos auf der Couch und war leichenblass. Er registrierte nicht einmal mehr, dass seine Chefin mit Verstärkung gekommen war. Es war höchste Zeit, dass ihm geholfen wurde. Alles andere musste warten.

Georg hatte die Eingangstür schnell wieder geöffnet und die Sanitäter eilten mit einer Trage herbei. Der Notarzt war schon vorausgeeilt, um sich ein Bild von Rudis Zustand zu machen. Er drängte den Rettungsassistenten zur Eile und meinte, an die Polizeibeamten gewandt: »Wir dürfen keine Zeit verlieren. Wahrscheinlich hat es durch die Verletzung im Bein innere Blutungen gegeben.«

»Kann ich mitfahren?«, fragte Katja ziemlich außer sich.

»Sind sie die Ehefrau oder verwandt mit dem Patienten oder ist polizeiliche Begleitung erforderlich?«

»Ne, nein«, druckste sie herum.

»Dann geht das nicht.«

»Was soll das? Du bleibst natürlich hier«, mischte sich Lea ärgerlich ein.

Nachdem der Notarzt, der Rettungsassistent und die Sanitäter mit Rudi das Haus verlassen und mit Blaulicht davon gefahren waren, machte Lea ihrem Ärger Luft: »Kann mir jemand erklären, was hier los ist?« Sie funkelte ihre Kollegen wütend an.

Nachdem Katja schwieg, ergriff Alex das Wort: »Naja, wir wollten halt den Rudi hier nicht verbluten lassen.«

Lea kochte vor Wut, und Katja schaute ihren Kollegen dankbar an.

Ich muss mich jetzt zusammenreißen, rief sich Lea innerlich zur Ordnung. Das muss nachher geklärt werden. Deshalb sagte sie gefährlich leise:

»Ich möchte eine Erklärung.«

Alex war gerade im Begriff etwas sagen, als Richard Berger vor sich hin stammelte: »Es tut mir so leid.« Mehr brachte er aber nicht heraus.

»Ich habe von der ganzen Sache erst vor ein paar Stunden in unserem Ferienhaus im Allgäu erfahren und wollte Herrn Engel befreien, aber ihre Kollegen sind mir zuvor gekommen«, mischte sich jetzt Georg ein.

Lea unterbrach ihn nicht, warf allerdings einige böse Blicke auf Alex und Katja.

Georg berichtete nun die ganze Geschichte von dem Zeitpunkt an, als er am Nachmittag den

Anruf von seinem Freund bekommen hatte. Danach war Richard endlich in der Lage etwas dazu zu sagen.

»Ich habe einfach kurzfristig die Nerven verloren. Ich dachte, dass Georg seinen Vater vergiftet hat und sah ihn im Geiste schon im Gefängnis. Als ihr Kollege zur Tür herein kam, habe ich einfach zugeschlagen und wusste anschließend nicht mehr, wie ich wieder aus der Sache herauskommen konnte. Ich kann mein Verhalten jetzt auch nicht mehr verstehen.«

Katja saß teilnahmslos da, Alex kam aus dem Kopfschütteln überhaupt nicht heraus und Lea ordnete an: »So, da wir einen Durchsuchungsbeschluss haben, werden wir nun ihr Haus auf den Kopf stellen, schließlich sind Sie immer noch tatverdächtig.«

Sie nickte den beiden Kollegen zu, die am Eingang des Wohnzimmers standen und sagte zu Alex: »Du kümmerst dich um Computer, Laptops und Handys. Das kommt alles mit.«

Zu Richard gewandt sagte sie: »Sie begleiten mich aufs Revier. Die Nacht werden Sie dort verbringen müssen. Morgen werden Sie dann dem Haftrichter vorgeführt. Ich nehme Sie vorläufig fest, wegen schwerer Körperverletzung und Freiheitsberaubung. Sie haben das Recht die Aussage zu verweigern oder einen Anwalt zu verlangen.«

Lea rief einen der Kollegen, der zu ihrer Unterstützung aus Calw geschickt worden war, und bat ihn, sie zu begleiten und sich um Herr Berger zu kümmern. Der Polizeibeamte ging zu dem Festgenommenen, fasste ihn am Arm und bat ihn, aufzustehen und mitzukommen. Dieser war vollkommen in sich zusammengesunken, stand aber anstandslos auf und leistete keinen Widerstand.

Lea sah in Richtung ihrer Kollegen. »Anschließend möchte ich euch im Revier sehen«, sie schaute auf ihre Armbanduhr und stellte fest, dass es schon fast Mitternacht war, »denn heute gibt es keinen Feierabend.« Mit diesen Worten verließ sie, gefolgt von dem Polizisten, der Richard in Gewahrsam genommen hatte - das Haus, indem sie die Haustür krachend ins Schloss fallen.

Katja und Alex schauten sich nur verschwörerisch an und waren froh, dass Rudi nun medizinisch versorgt wurde.

Samstag

Schömberg

Es war schon ein Uhr, als das Polizeiteam, einschließlich der beiden Beamten, die Lea zur Verstärkung angefordert hatte, im Besprechungszimmer des Polizeireviers versammelt war.

Lea meldete sich zu Wort: »Alex, was habt ihr gefunden?«

»Einen Laptop und das Handy, das der Berger bei sich hatte. Mehr nicht.«

»Okay, dann wirst du das morgen früh gleich zur KTU bringen. Ansonsten können wir heute nichts mehr tun. Mit Richard Berger habe ich noch gesprochen. Er hat auf einen Anwalt verzichtet. Ich glaube nicht, dass er Heinz Weiß vergiftet hat. Sonst hätte er sich, meiner Meinung nach, anders verhalten«, meinte Lea nachdenklich.

Sie hatten ihn in der einzigen Zelle untergebracht, die sich im Schömberger Polizeirevier befand. Morgen würde er dann, nachdem geklärt war, wo er zur Untersuchungshaft hingebracht werden konnte, überführt und dem Haftrichter vorgeführt werden.

»Das heißt also, dass wir wieder ganz von vorne anfangen müssen«, meinte Alex frustriert.

»Es sieht ganz so aus, als ob wir in einer Sackgasse gelandet wären.« Lea seufzte und warf einen Blick auf ihre Armbanduhr, »aber wir machen Schluss für heute. Ich schlage vor, dass wir alle nach Hause gehen und ein paar Stunden schlafen sollten.« An die beiden Polizisten gewandt, fuhr sie fort: »Vielen Dank für Ihre Unterstützung. Sie können dann auch gehen.«

Die Kollegen verabschiedeten sich und waren froh, endlich Feierabend zu haben.

Katja erhob sich ebenfalls. »Wann treffen wir uns morgen?«, fragte sie, während sie ihre Jacke überzog.

»Ich würde sagen, da Alex noch nach Karlsruhe zur KTU fahren muss, reicht es, wenn du um 9:00 Uhr hier bist. Viel früher wird er auch nicht hier eintreffen.« Lea drehte sich um, und sortierte einige Blätter, die auf dem Tisch lagen, ohne sich weiter um ihre Kollegen zu kümmern.

Diese beeilten sich, das Revier zu verlassen, um nicht doch noch eine Strafpredigt wegen ihres Alleingangs zu bekommen.

Lea machte sich nun ebenfalls auf den Heimweg.

Nachdem sie das Revier verlassen hatte, blieb sie wie immer zunächst stehen und atmete die angenehme klare Nachtluft ein. Sie liebte diesen kurzen Gang zu ihrer Wohnung, die sich nur um die Ecke, ein paar Häuser von ihrer Dienstelle entfernt, befand. Sie mochte es, wenn die Straßen wie leergefegt waren und die Laternen leuchteten. Sogleich fing sie aber wieder an zu grübeln. Sie war im Moment nicht nur bei ihrem Fall in einer Sackgasse, sondern auch in ihrem Leben sah es momentan nicht anders aus.

Nachdem ihre Beziehung zu Hans-Peter Balbach gescheitert war, fühlte sie sich einsam. Außerdem machte Alex sie wahnsinnig. Auf der einen Seite war sie gerne in seiner Nähe, dann wiederum brachte er sie zur Weißglut. Nie waren sie einer Meinung und ständig gab es Streit. Aber wenn sie an ihn dachte, fühlte sie Schmetterlinge in ihrem Bauch. Es nützte auch nichts, sich das nicht einzugestehen. Was sollte sie nur tun?
Wenn sie wüsste, dass es damit getan wäre, noch einmal mit ihm ins Bett zu steigen, dann würde sie es machen, aber tief in ihrem Innersten war ihr klar, dass es dadurch nicht erledigt wäre.

Sie konnte sich aber auch keine gemeinsame Zukunft mit Alex vorstellen. Sie waren so unterschiedlich und wahrscheinlich hätte er sie nach ein paar Wochen satt und das war es dann. Nein, es musste eine andere Lösung geben.

Sie würde Alex bitten, einen Versetzungsantrag zu stellen. Sie würde mit ihm sprechen.

»Das muss er verstehen«, murmelte Lea leise vor sich hin, während sie ihre Haustür aufschloss.

Ja, das war die Lösung. Sie selbst konnte schließlich nicht gehen, da sie die Inspektionsleiterin war.

Lea war inzwischen total erschöpft und obwohl sie hungrig war, stieg sie, nachdem sie noch kurz im Bad gewesen war, direkt die kleine Treppe hinauf, die zu ihrem Schlafzimmer führte, ließ sich aufs Bett fallen und schlief sofort ein.

...

Am nächsten Morgen um 9:00 Uhr - Alex war gerade eingetroffen -, saß das komplette Team im Besprechungszimmer.

Lea hatte sich letzte Nacht so richtig ausgeschlafen und ihre Laune war bedeutend besser, nachdem sie gestern Abend den Entschluss gefasst hatte, mit Alex zu reden. Sie begann die Besprechung mit den Worten: »Wir müssen nun als erstes einen Plan machen, damit dieser Fall schnellstmöglich aufgeklärt werden kann.«

Sie hatte noch nicht einmal ausgesprochen, als das Telefon klingelte. Sie schaute aufs Display und nahm seufzend das Gespräch entgegen:

»Guten Morgen Herr Rauschmayer. Was kann ich für Sie tun?« Lea stellte den Lautsprecher an.

»Ich habe gehört, dass sie gestern jemanden festgenommen haben. Ist das der Täter? Ist der Fall nun geklärt?«

»Also, wie ich Ihnen heute Nacht in der E-Mail schon geschrieben habe, hat Richard Berger unseren Kollegen Rudolf Engel niedergeschlagen und in seinen Keller gesperrt. Dort musste er verletzt mehrere Stunden verweilen, bis wir ihn dann befreit haben. Allerdings kehrte Herr Berger spät abends ebenfalls zurück, nachdem ihm sein

Lebensgefährte ins Gewissen geredet hatte, Herrn Engel zu befreien. Ob er mit dem Mord an Herrn Weiß etwas zu tun hat, muss allerdings noch geklärt werden. Wie ich vorhin erfahren habe, wird er heute noch nach Mannheim überführt. Dort wird er dem Haftrichter vorgestellt und bleibt zunächst in Untersuchungshaft.«

»Nun gut, das klingt ja alles nicht so vielversprechend. Wie geht es denn Ihrem Kollegen jetzt?«

Lea verdrehte genervt die Augen. »Er wurde nach Pforzheim ins Klinikum gebracht. Ich habe heute Morgen dort angerufen. Der Arzt, mit dem ich gesprochen habe, meinte, er habe Glück gehabt. Durch den Beinbruch kam es zu inneren Blutungen und dadurch hatte er viel Blut verloren. Lange hätte er nicht mehr überleben können. Sie haben ihn nachts noch operiert und er ist nun außer Lebensgefahr.«

»Das ist ja wenigstens mal eine gute Nachricht. Sagen sie ihm alles Gute von mir. Und ich verlasse mich auf Sie, dass der Fall bald geklärt sein wird.«

»Natürlich, wir sind nahe dran«, erwiderte Lea, eine Grimasse ziehend.

»Dann wünsche ich Ihnen einen schönen, erfolgreichen Tag.«

»Ihnen auch einen wunderschönen Tag«, meinte Lea zum Kriminaldirektor, aber der hatte schon aufgelegt.

Sie wandte sich nun wieder ihren Kollegen zu, die die ganze Zeit das Lachen unterdrückt hatten.

»So, ihr habt ja alles gehört, da brauche ich es nicht noch mal erzählen. Ich würde sagen, dass wir heute Nachmittag ins Krankenhaus fahren, um nach Rudi zu schauen. Was meint ihr? Einer von uns muss natürlich hierbleiben.«

»Das kann ich machen, ich kann jederzeit hingehen, da ich ja schließlich in Pforzheim wohne«, äußerte sich Katja.

Alle schauten sie erstaunt an. »Quatsch! Rudi ist doch dein Freund und ich wohne ebenfalls seit kurzem in Pforzheim. Ich werde hier bleiben«, sagte Saskia in einem Ton, der keinen Widerspruch duldete.

»Nein, geh du nur mit, ich bleibe hier«, beharrte Katja.

Alex hatte kopfschüttelnd zugehört und Lea mischte sich ein: »Sind wir hier im Kindergarten oder was? Das klären wir dann heute Nachmittag.

Jetzt besprechen wir die weitere Vorgehensweise, was den Fall angeht. Fällt irgendeinem von euch dazu etwas ein? Was könnten wir übersehen haben?«

Katja meinte zögernd: »Ich war doch mit Saskia bei Frau Eigner, der Freundin von Frau Schneider. Irgendetwas hat sie noch gesagt, das mich stutzig gemacht hatte, aber ich komme einfach nicht darauf, was es war. Ich grüble schon die ganze Zeit darüber, aber es fällt mir nicht ein. Ich muss zugeben, ich war zu diesem Zeitpunkt gestern nicht sehr konzentriert.« Nach einer kurzen Pause fügte sie hinzu: »Es ging mir nicht so gut.«

Lea runzelte die Stirn. »Bei einer Befragung muss man immer konzentriert sein, sonst solltest du das nächste Mal sagen, dass du dich nicht in der Lage fühlst zu ermitteln. In so einem Fall muss es jemand anderes machen«, tadelte Lea ihre Kollegin.

Katja sagte nichts mehr. Sie kniff nur trotzig ihre Lippen zusammen, was sonst überhaupt nicht ihre Art war.

Lea wandte sich an Saskia: »Du warst doch dabei, ist dir irgendetwas aufgefallen?«

Nachdem die Sekretärin eine Weile nachdenklich ihre Stirn gekräuselt, sich ihre wirren Haare, die teilweise ihre Augen bedeckten, nach oben gepustet hatte, meinte sie: »Nun, ja, an was ich mich erinnere, ist, dass Frau Eigner sagte, Heinz Weiß wäre ein furchtbarer Mensch gewesen. Allein schon, was er seiner Nachbarin angetan hätte.«

»Moment mal, welcher Nachbarin? Frau Schiller?«, unterbrach Lea die Sekretärin ungeduldig.

»Keine Ahnung, das hat sie nicht gesagt.«

»Und was hat er ihr angetan?«

»Das hat sie auch nicht erwähnt.«

Lea erkannte, dass sie so nicht weiterkam, erhob sich und sagte mit einem vernichtenden Blick auf Katja: »Komm Alex, wir fahren da jetzt hin.«

Karlsruhe

Alex und Lea saßen zusammen mit Elisabeth Eigner in ihrer großen Wohnküche auf der Eckbank.

Die Freundin von Angelika Schneider entpuppte sich als eine nette, gesprächige Frau. Sie hatte die beiden mit Kaffee und Keksen versorgt und Lea begann das Gespräch mit der Feststellung: »Sicherlich sind Sie sehr erleichtert, dass Frau Schneider noch am Leben ist.«

»Ja, das ist für mich wie ein großes Wunder. Wissen Sie, ich habe sonst keine Freundinnen. Wir haben uns jeden zweiten Tag getroffen, und wussten so ziemlich alles voneinander.«

»Ja, das kann ich verstehen. Wir wissen inzwischen auch, dass Frau Schneider nichts mit dem Mord an ihrem Ex-Mann zu tun hat.«

»Das hätte ich Ihnen gleich sagen können. Angelika könnte keiner Fliege etwas zuleide tun«, antwortete Elisabeth empört.«

Lea lächelte. »Das mussten wir halt auch erst herausfinden. Aber können Sie uns vielleicht weiterhelfen, indem Sie uns erzählen, was für ein Mensch Heinz Weiß so war. Frau Schneider möchten wir damit im Moment nicht belasten. Sie hat genug mitgemacht.«

»Ja, also, er war ein furchtbarer Mensch. Viel mehr fällt mir dazu nicht ein.«

»Hatte er Feinde?«, mischte sich Alex ein.

»Ich denke, er hatte nur Feinde, zumindest keine Freunde. Vor ungefähr fünfundzwanzig Jahren hat er das Leben seiner Nachbarin zerstört.«

»Was passierte damals?«

»Petra hat meiner Freundin, also Angelika, etwas hinübergebracht.«

»Sie meinen Petra Schiller?«, unterbrach Alex sie.

»Ja genau, Petra Schiller. Sie wusste nicht, dass Angelika nicht zu Hause war. Ich glaube, sie wollte ihr ein Buch ausleihen oder so etwas Ähnliches. Auf jeden Fall hat Heinz Petra ins Haus gebeten und sie dann vergewaltigt und somit ihr ganzes Leben zerstört. Seitdem leidet sie unter psychischen Problemen, und ihre langjährige Beziehung zu ihrem damaligen Freund ist daran auch zerbrochen.«

Lea und Alex hatten fassungslos zugehört.

»Und Frau Schneider ist dann trotzdem noch bei

ihrem Mann geblieben oder wusste sie nichts davon?«, fragte die Hauptkommissarin, nachdem sie das eben Gehörte einigermaßen verdaut hatte.

»Doch, Angelika wusste es schon, aber sie hatte sowieso nichts zu sagen und Heinz hat sie immer geschlagen. Die Ehe war schon lange am Ende, aber sie blieb bei ihm, vor allem wegen ihrem Sohn. Außerdem hatte sie kein eigenes Einkommen und hätte nirgends hingehen können.«

»Aber schließlich trennte sie sich ja dann vor drei Jahren doch von ihm«, warf Alex ein.

»Das ist richtig. Ich glaube, sie liebte dieses Scheusal allerdings immer noch. Ich denke, dass sie die Demütigungen einfach nicht mehr ausgehalten hat. Viel Geld brauchte sie nicht zum Leben, sie war schon immer bescheiden. Ich habe sie dabei unterstützt, auch in finanzieller Hinsicht, und so hat sie schließlich den Entschluss gefasst und ist hierher gezogen. Es war ein Glück, dass gerade diese Wohnung frei wurde - ich kenne den Besitzer gut -, und Angelika sie mieten konnte. Sonst hätte sie es sich vielleicht wieder anders überlegt.«

Lea und Alex saßen beide kopfschüttelnd da.

»Wie geht es denn Frau Schneider jetzt?«, wollte Lea wissen.

»Es geht ihr ganz gut. Da sie erst ein paar Tage weg gewesen war, hatte ihr Sohn die Wohnung noch nicht aufgelöst. Der ist natürlich auch überglücklich, seine Mutter wiederzuhaben. Und das Beste ist, dass die Enkelkinder ihrer Zwillingsschwester solange gequengelt haben, bis ihre Mutter sich einverstanden erklärte, mit ihnen zu Angelika zu fahren, um sich mit ihr auszusprechen. Schließlich müssen sie ja auch bei der Trauerfeier zusammen sein. Ich könnte mir vorstellen, wenn Gabriele Richter die Trauer um ihre Mutter etwas überwunden hat, sie vielleicht auch den Kontakt zu Angelika aufrecht erhalten wird, alleine schon deswegen, weil sie sich viel zu erzählen haben und der Kinder wegen. Vielleicht sehen diese ja in ihr so eine Art Ersatzoma.«

»Das ist ja mal eine gute Nachricht.« Lea und Alex erhoben sich.

»Vielen Dank Frau Eigner. Sie haben uns sehr geholfen«, sagte Lea.

Diese meinte, nachdem ihr bewusst geworden war, was sie da ins Rollen gebracht hat: »Eigentlich hätte ich das von Petra nicht erzählen sollen, denn ich nehme an, Sie verdächtigen sie nun. Ich glaube aber nicht, dass sie ihn umgebracht hat, nach so vielen Jahren, aber wenn, dann könnte ich es verstehen. Sie gehört dann deswegen nicht bestraft.«

»Wir werden das alles überprüfen. Wir müssen herausfinden, wer Herrn Weiß vergiftet hat, wir können einen Mörder nicht frei herumlaufen lassen und sollte Frau Schiller es getan haben, wird sie bestimmt mildernde Umstände bekommen. Aber darüber brauchen Sie sich keine Gedanken zu machen, Sie haben richtig gehandelt. Sie haben uns nur Tatsachen erzählt, die wir sowieso erfahren hätten«, beruhigte der Hauptkommissar die zweifelnde Frau.

Lea und Alex verabschiedeten sich und gingen zum Parkhaus - das sich zwei Straßen weiter befand -, in dem sie ihr Auto geparkt hatten.

Lea unterbrach das Schweigen: »Ich werde sofort einen Durchsuchungsbeschluss für das Haus von Petra Schiller beantragen. Ich hoffe, dass wir den heute Nachmittag in der Hand haben werden. Ich denke schon, dass sie es war, obwohl mir jemand anders schon lieber gewesen wäre.«

»Das denke ich auch.« Alex seufzte.

»Was muss die Frau mitgemacht haben, in den vergangen Jahren, wenn dadurch auch noch ihre Beziehung kaputtgegangen ist. Vielleicht hatte sie sich Kinder gewünscht und konnte sich durch dieses traumatische Erlebnis nichts mehr aufbauen. Das muss schrecklich sein«, meinte Lea nachdenklich.

Alex musste seiner Kollegin recht geben und sie waren ausnahmsweise einer Meinung. Sie setzten sich bedrückt ins Auto und fuhren schweigend zurück nach Schömberg.

Schömberg

Als Lea und Alex im Revier ankamen, war das Fax von der Staatsanwaltschaft mit dem Durchsuchungsbeschluss schon angekommen.

Lea entschied sich, gleich zu Petra Schiller zu fahren und ihren Kollegen Alex mitzunehmen. Sie trug Katja insgeheim immer noch ihre Nachlässigkeit bei der Befragung von Frau Eigner nach. Außerdem hatte diese einige Anzeigen zu bearbeiten. Zusätzlich forderte Lea drei weitere Polizeibeamte zur Verstärkung an.

Nachdem sie Saskia einige Arbeitsanweisungen gegeben hatte, verließ sie zusammen mit Alex das Revier.

Zehn Minuten später kamen die beiden im Eulenweg an, gleichzeitig mit den drei angeforderten Kollegen, die zu ihrer Unterstützung geschickt worden waren.
Nachdem sich alle begrüßt und das weitere Vorgehen besprochen hatten, klingelte Lea.

Petra Schiller war, wie Lea es erwartet hatte, heute am Samstag zu Hause. Sie öffnete die Tür, starrte entsetzt die fünf Polizeibeamten an.

»Was soll das denn jetzt?«, stammelte sie fassungslos.

»Guten Tag, Frau Schiller, wir haben einen Durchsuchungsbeschluss, um Ihr Haus zu durchsuchen. Lassen Sie uns bitte eintreten«, antwortete Lea freundlich.

»Glauben sie nun doch, dass ich Herrn Weiß vergiftet habe?«

»Es besteht zumindest der Verdacht. Um das zu beweisen oder auszuschließen, müssen wir nun ihr Haus durchsuchen.«

Petra Schiller war zur Seite getreten und ließ die Einsatztruppe herein. Sie sah geschockt aus.

Lea hatte Mitleid mit ihr, aber es half alles nichts, sie mussten ihre Arbeit machen.

»Wir müssen Sie bitten, uns zur Befragung aufs Polizeirevier zu begleiten«, äußerte sie sich.

»Was, jetzt gleich? Ich muss doch zur Arbeit«, wehrte die Angesprochene entsetzt ab.

»Nein, Sie müssen gleich mit mir und einem Kollegen mitfahren. Wir werden Ihren Arbeitgeber informieren.«

Die Hauptkommissarin wandte sich an Alex.

»Du bleibst hier und bringst bitte gleich anschließend, wenn ihr hier fertig seid, alle Laptops, Computer und Handys direkt nach Karlsruhe zur KTU.«

Zu einem der anderen Beamten fuhr sie fort: »Bitte begleiten Sie Frau Schiller und mich aufs Revier.«

Der Polizist nickte und sie verließen zusammen Petras Haus. Diese akzeptierte inzwischen, dass sie mitkommen musste, sagte allerdings nichts mehr und sah sehr verstört aus.

Im Polizeirevier angekommen, wurde Frau Schiller gleich in Begleitung von Lea ins Vernehmungszimmer gebracht.

Sie setzten sich gegenüber auf die unbequemen Plastikstühle.

Der Polizeibeamte, der Petra Schiller begleitet hatte, nahm an der kurzen Seite des Tisches Platz.

Petra schluchzte auf und stammelte: »Ich habe Heinz Weiß nicht umgebracht, obwohl ich allen Grund dazu gehabt hätte. Oft habe ich ihm den Tod gewünscht.«

Lea nahm die Gelegenheit wahr, zum Thema zu kommen: »Herr Weiß hatte sie also damals vergewaltigt, wie wir inzwischen erfahren haben. Ist das richtig?«

Petra sah Lea verwundert an und schluckte.

»Ja, so war es. Meine Beziehung ist daran zerbrochen und ich habe bis zum jetzigen Zeitpunkt psychologische Betreuung bekommen.«

»Warum aber, um alles in der Welt, haben Sie Herrn Weiß dann bekocht?«, wollte Lea nun wissen.

»In erster Linie seiner Frau zuliebe, aber ich habe das auch als eine Art Konfrontationstherapie betrachtet. Außerdem war er in seiner Bewegung so eingeschränkt, dass er mir sowieso nichts hätte anhaben können. Dazu kam, dass er bereute, was er mir damals angetan hatte. Er hat mehrfach versucht, sich bei mir zu entschuldigen, aber soweit war ich noch nicht, dass ich seine Entschuldigung hätte annehmen können.«

»Aber warum seiner Frau zuliebe? Diese hatte sich doch von ihrem Mann scheiden lassen.«

»Ja, aber er war ihr nicht gleichgültig. Außerdem war es ihr wichtig, dass er versorgt wurde. Angelika kam zu mir herüber und meinte, dass sie wüsste, dass es eine Zumutung wäre, aber trotzdem wollte sie mich bitten, ihn zu bekochen. Angelika und ich hatten uns angefreundet. Sie hat sich damals nach dem Vorfall sehr um mich gekümmert. Wahrscheinlich hatte sie ein schlechtes Gewissen, obwohl sie ja die Letzte war, die etwas dafür konnte. Irgendwie hat uns das Ganze aber auch zusammen geschmiedet. Sie tat mir immer schrecklich leid, wenn sie mal wieder mit blauen Flecken und Blutergüssen herumgelaufen ist. Heinz hat seine Frau immer geschlagen und schlecht behandelt.«

Lea schaute Petra nachdenklich an. Es klang alles plausibel, was sie gesagt hatte, aber vielleicht war sie auch einfach nur eine gute Schauspielerin. Lea konnte es nicht so richtig einschätzen.

»Wir werden sehen, was die Durchsuchung Ihres Hauses, Ihrer Computer und des Handys ergibt«, sagte sie schließlich. Solange müssen Sie auf jeden Fall bei uns bleiben. Petra nickte stumm und ließ sich ohne weitere Einwände in die Zelle bringen, die wieder frei war, nachdem Richard Berger nach Mannheim gebracht worden war.

Nach diesem Verhör ging Lea zu ihren Kollegen hinüber, die inzwischen alle wieder eingetroffen waren und sich im Gemeinschaftsraum aufhielten. Nachdem sie sich einen Kaffee aus dem

Automaten geholt hatte, setzte sie sich zu ihnen an den Tisch.

Ihre Lebensgeister wurden durch den Wachmacher wieder etwas geweckt und sie meinte: »Ich würde sagen, bis die Auswertung der KTU hier sein wird, haben wir genug Zeit, Rudi im Krankenhaus zu besuchen. Was meint ihr?«

Alex nickte zustimmend und Saskia sagte: »Also, ich werde dann hierbleiben und ihn heute Abend nach Dienstschluss besuchen. Okay?«

Alle schauten nun fragend zu Katja.

Diese nickte zunächst stumm, presste dann aber ein leises ‚Einverstanden' heraus. Sie hatte sich heute schon den ganzen Tag Gedanken gemacht und war zu dem Entschluss gekommen, sich nicht in die Beziehung von Rudi und dieser Christine zu drängen. Sie hatte hin und her überlegt und war schließlich zu dem Ergebnis gekommen, dass sie selbst schuld war an dieser Situation. Sie war sich einfach zu spät über ihre Gefühle klargeworden und es wäre nicht fair, Rudis Glück zu zerstören. Er hatte in letzter Zeit ziemlich glücklich und zufrieden ausgesehen. Also würde sie einfach ein bisschen auf Abstand gehen und versuchen, ihre Freundschaft aufrechtzuerhalten. Und mit diesem Vorsatz gab es natürlich keinen Grund, ihn nicht zu besuchen.

»Gut, dann wäre das ja geklärt.« Lea freute und erhob sich, um aufzubrechen. Die anderen, außer Saskia, folgten ihr.

Pforzheim

Christine Bauer saß an Rudis Bett im Krankenhaus und schaute ihn abwartend an. Ihr Freund hatte ihr schon am Telefon gesagt, dass er mit ihr sprechen müsse.

Es fiel ihm schwer, aber er musste es tun. Das war ihm im Keller von Richard Berger klar geworden. Er mochte Christine sehr und hatte die Zeit mit ihr genossen. Aber er liebte sie nicht. Für ihn gab es nur eine Frau und das war seine Kollegin Katja. Er würde sie nicht drängen und wenn es sein musste, sich nur mit Freundschaft zufriedengeben, aber es wäre unfair Christine gegenüber, einfach so weiterzumachen. Das hatte sie nicht verdient. Am Anfang war er richtig verliebt gewesen und hatte gedacht, dass mehr daraus werden könnte, aber er hatte sich geirrt.

Deshalb versuchte er es ihr nun vorsichtig beibringen: »Christine, ich mag dich wirklich sehr, aber...«
An dieser Stelle unterbrach sie ihn.
»Du brauchst nicht weiterzusprechen, es ist mir schon vor einer Weile bewusst geworden, dass du nicht das Gleiche für mich empfindest, wie ich

für dich. Ich denke, es gibt da eine andere Frau. Hab ich recht?«

Rudi nickte. »Leider stimmt das, ich wollte, es wäre anders. Aber es wäre unfair dir gegenüber, die Beziehung aufrechtzuerhalten, nur weil die andere für mich nicht erreichbar ist. Du musst mir aber glauben, dass ich mich in dich verliebt hatte. Ich habe dir nichts vorgespielt und unter anderen Umständen…«

»Das weiß ich«, unterbrach ihn Christine, den Tränen nahe. Sie wollte noch etwas hinzufügen, als es an der Tür klopfte.

Lea, Alex und Katja betraten das Krankenzimmer.

Christine erhob sich. »Es macht jetzt keinen Sinn mehr, weiterzureden, ich werde gehen.«

»Okay«, presste Rudi hervor.

Sie nickte den Neuankömmlingen kurz zu und verließ das Zimmer.

Alex trat als Erster an Rudis Bett, klopfte ihm auf die Schulter und meinte: »Na, altes Haus, du hast uns ja wirklich in Angst und Schrecken versetzt.«

Rudi nickte stumm und schaute seine Kollegen mit blassem Gesicht an. Er brachte kein Wort heraus.

Das erstaunte Lea, denn so kannte sie ihn überhaupt nicht. Wo war sein Humor geblieben? Hoffentlich hinterließ dieses Ereignis keine Spuren bei ihrem sonst immer fröhlichen Kollegen. Sie machte sich ernsthafte Sorgen.

Katja hatte Rudi kurz mit Küsschen auf die Wangen begrüßt, sich dann aber wieder zurückgezogen und ans Fußende seines Bettes gestellt.
Alex beobachtete das mit ungläubigem Kopfschütteln, sagte aber nichts.

Rudi berichtete kurz von seiner Operation, dass alles gut gegangen war - die Ärzte hatten seinen Bruch operativ gerichtet -, es aber eine ganze Weile dauern würde, bis er wieder einsatzbereit wäre. Wahrscheinlich müsse er noch im Anschluss in eine Rehaklinik gehen.

Lea beruhigte ihn damit, dass er sich keine Sorgen machen solle, sie würden die Zeit ohne ihn schon irgendwie überbrücken können.

Da die Unterhaltung etwas verkrampft war, verabschiedeten sich die drei wieder recht schnell. Natürlich nicht, ohne ihm zuvor zu sagen, wie sehr sie ihn vermissen würden und ihm gute Besserung zu wünschen.

Schömberg

Inzwischen war das Team wieder im Besprechungszimmer versammelt. Es war schon 18:00 Uhr und das an einem Samstag.

Keiner war mehr richtig motiviert. Endlich hatten sie die Auswertung des Laptops gefaxt bekommen. Die Nachricht, dass es auf Petra Schillers Handy keine Verbindungen außer denen mit ihrer Chefin, ihrem Hausarzt und der Apotheke in Schömberg gab, hatte Lea schon vor einer halben Stunde bekommen. Sie hatte daraufhin Alex in die Apotheke geschickt, um zu klären, ob Frau Schiller versucht hatte, dort Rattengift zu kaufen. Das war allerdings nicht der Fall gewesen.

Es sah so aus, als ob sie keinen Freundeskreis und null Kontakte zur Außenwelt hatte.

»Aber das ist ja nicht strafbar«, murmelte Lea vor sich hin.

Ihren Laptop schien Frau Schiller nur zum Onlinebanking und zum Einkaufen zu verwenden. Soziale Netzwerke nutzte sie ebenfalls nicht.

»Das ist ja zum Verzweifeln«, meldete sich Alex zu Wort, »so kommen wir nicht weiter.«

In diesem Moment klingelte das Telefon. Lea sah auf dem Display, dass es der Kriminaldirektor war.

»Auch das noch, ich schaffe das jetzt nicht. Bitte Alex, übernimm du das.« Lea sah ihren Kollegen bittend an.

Dieser erbarmte sich und nahm das Gespräch entgegen.

Katja und Lea hörten, wie er sagte: »Guten Tag Herr Rauschmayer. Wir haben den Fall so gut wie geklärt. Ja, darüber sind wir auch sehr froh.«

Katja hatte alle Mühe, sich zu beherrschen und nicht laut herauszulachen. Lea schüttelte nur den Kopf.

Saskia, die soeben den Raum betreten hatte, tat es ihr gleich.

»Ja, Herr Rauschmayer, ich wünsche Ihnen auch ein schönes Wochenende. Auf Wiederhören.« Alex beendete das Gespräch.

»Was machen wir denn jetzt mit Frau Schiller?«, fragte Katja.

»Ja, das möchte ich auch gerne wissen.« Lea seufzte, »hierbehalten können wir sie nicht mehr. Wir haben nichts gegen sie in der Hand.«

»Stimmt«, Alex nickte, erhob sich und ging Lea fragend anschauend zur Tür: »Ich werde sie nach Hause schicken. Okay?«

Seine Chefin stimmte zu.

Nachdem Alex einer erleichterten Petra Schiller die Nachricht, dass sie nach Hause gehen dürfe, sich aber zur Verfügung halten müsse, überbracht und sie zur Eingangstür begleitet hatte, gesellte er sich wieder zu seinen Kolleginnen in den Gemeinschaftsraum.

Eine Weile saßen sie schweigend da, bis Lea schließlich die Stille durchbrach.

»Normalerweise feiern wir ja erst, wenn ein Fall geklärt ist, aber inzwischen glaube ich fast, dass dieser Fall nie geklärt werden wird.«

Sie verdrehte genervt die Augen, »und da wir, wenn ich mich nicht irren sollte und wir doch noch den Mörder oder die Mörderin von Heinz Weiß finden werden, mit dem Fest sowieso warten werden, bis Rudi wieder fit ist, würde ich vorschlagen, dass wir jetzt alle zu mir gehen, Pizza bestellen und diese stressige Woche ausklingen lassen. Natürlich nur, wenn ihr nichts Besseres vorhabt. Was meint ihr dazu?«

»Das hört sich fantastisch an«, erwiderte Saskia freudig und Katja nickte zustimmend.

Nach kurzer Überlegung äußerte sich Alex ebenfalls. »Gute Idee.«

Und so verließen alle zusammen das Revier, um bei Lea in das Wochenende zu starten.

Das Team hatte an Leas großem Esstisch Platz genommen, Katja und Saskia auf der einen Seite des Tisches und Alex und Lea auf der anderen.

Die Pizza war schon geliefert worden.
Es herrschte trotz der Hindernisse bei der Aufklärung ihres Falles eine entspannte Atmosphäre.

Alle waren erleichtert, dass Rudi rechtzeitig gefunden worden war und die Operation gut überstanden hatte. Außerdem waren sie froh darüber, dass Petra Schiller nicht verhaftet werden musste.

Die Frau hatte in ihrem Leben wirklich schon genug mitgemacht, da waren sich alle einig.

Hungrig fielen sie über die bestellte Partypizza her. Saskia und Alex aßen die Teile mit Schinken und Salami und die beiden anderen die vegetarische Seite der großen Pizza. Ihnen war zwar nicht zum Feiern zumute, dazu hatten sie nun wirklich keinen Grund, aber alle vier genossen es, gemütlich zusammenzusitzen und das Wochenende ohne Arbeit genießen zu können.

Saskia hatte sich einen Katalog aus Leas Zeitungskorb geholt, setzte sich mit Katja aufs Sofa und die beiden vertieften sich nach dem Essen in das große Modeangebot, das hauptsächlich aus Kleidung bestand.

Alex sah seine Kolleginnen lächelnd an und dachte, dass man die Zwei eine Weile abhaken konnte, als er plötzlich erstarrte. Er fühlte, wie eine Hand, genaugenommen Leas Hand, sich auf seinen Oberschenkel legte und sich langsam weiter nach oben bewegte. Nachdem er sich wieder gefasst hatte, schaute er seine Kollegin an, rutschte ein bisschen näher und flüsterte ihr verblüfft zu: »Was soll das? Was machst du da?«

»Merkst du das nicht?«, fragte sie schmunzelnd, »du hast gesagt, Gefühle soll man nicht unterdrücken. Das habe ich mir zu Herzen genommen.«

Fassungslos sah Alex Lea an, rutschte dann aber doch ein Stückchen näher an sie heran, legte ebenfalls seine Hand auf ihren Schenkel, und fing an sie sanft mit kreisenden Bewegungen zu streicheln. Lea hatte alle Mühe, nicht laut aufzustöhnen.

Alex schaute zu seinen Kolleginnen hinüber - sie schienen nichts bemerkt zu haben - und flüsterte Lea ins Ohr: »Da müssen wir uns wohl noch ein Weilchen gedulden.«

Sie antwortete genauso leise: »Ausgeschlossen!«

Alex erhob sich abrupt und rief zu Katja und Saskia hinüber: »Mir reicht's Mädels, ich bin müde und muss in mein Bett.« Sofort sprangen die Frauen auf und Katja meinte: »Ja, du hast recht, ich bin auch hundemüde.«

Saskia grinste nur, erhob sich aber ebenfalls. Sie bedankten sich bei Lea, die schweigend zugehört hatte, für das Essen und verabschiedeten sich.

Fragend schaute Katja ihren Kollegen an, weil der keine Anstalten machte zu gehen.

»Geht ihr schon mal, ich muss noch mal auf die Toilette gehen«, äußerte sich dieser.

Die Oberkommissarin und die Sekretärin verließen das Haus und blieben vor der Tür stehen.

Katja schaute Saskia fragend an. »Sollen wir

nicht noch auf Alex warten, ich habe mich noch gar nicht von ihm verabschiedet.«

Diese lächelte schon wieder vor sich hin und erwiderte: »Auf den brauchst du nicht zu warten, der kommt da heute nicht mehr raus.«

Ungläubig starrte Katja die Freundin an. »Das ist jetzt nicht dein Ernst, oder? Wie meinst du das?«

»Ich bin ja nicht ganz doof. Die haben gedacht, wir merken nichts, aber da waren so erotische Schwingungen, das konnte man gar nicht nicht bemerken.«

Kaja sah immer noch nicht überzeugt aus, setzte sich aber in Bewegung, um mit Saskia zum Polizeirevier zu gehen, da ihre Autos sich dort auf dem Parkplatz befanden.

Sonntag

Es war schon später Nachmittag, als Lea und Alex es schafften, das Schlafzimmer zu verlassen.

Sie kamen aber nicht weit, nur die Treppe herunter bis auf die kleine Couch. Zwischendurch hatte Lea eine Kleinigkeit zu essen und etwas zu trinken aus der Küche geholt. Jetzt lagen sie eng aneinandergeschmiegt, mit angezogenen Beinen - mehr Platz zum Ausstrecken gab es nicht - auf dem Sofa.

Lea seufzte zufrieden und Alex meinte: »Das Leben kann doch so schön sein.«

Lea sah ihn an und erwiderte lächelnd: »Ja, ich hab´s ja kapiert. Ich hab dich halt wirklich falsch eingeschätzt, dachte, dass du ein Spiel mit mir spielst. Ich hab dir nicht über den Weg getraut«, fügte sie hinzu.

Alex boxte sie sanft in die Seite und tat empört.

»So gefährlich sehe ich doch gar nicht aus, oder?«

»Naja, was ich so alles mitbekommen habe, ich denke, ich werde sehr auf dich aufpassen müssen.«

»Das heißt also, dass ich öfter zu dir kommen darf«, wollte Alex lächelnd wissen.

»Dir wird gar nichts anderes übrigbleiben. Jetzt hast du mir schon den Kopf verdreht. Bist selbst schuld.«

Eine Weile ging das Geplänkel so weiter, dann meinte Lea ernst: »Aber vorerst braucht das ja keiner von den Kollegen mitzubekommen, finde ich. Es wird sowieso nicht einfach werden, unter diesen Umständen zusammen zu arbeiten.«

»Unter diesen Umständen, wie du das sagst«, lachte Alex. »Das können wir halten, wie du es möchtest, Hauptsache, du stößt mich nicht von der Bettkante.«

»Niemals!«, antwortete Lea und beugte sich über Alex, um ihn zu küssen.

Montag

Als Katja und Saskia um kurz vor acht im Revier ankamen, war Alex schon im Büro. Bevor die Sekretärin sich an ihren Arbeitsplatz begab, begleitete sie ihre Kollegin ins Gemeinschaftsbüro, um den Hauptkommissar zu begrüßen.

Katja fragte verwundert: »Bist du aus dem Bett gefallen?« Denn normalerweise war er eher der Letzte, der zur Arbeit kam.

Saskia grinste nur vor sich hin, rief kurz „Hallo Alex", und verschwand wieder nach vorne, um sich an die Arbeit zu machen.

»Hallo«, rief dieser gut gelaunt. »Einen wunderschönen guten Morgen die Damen.«

Katja schüttelte nur den Kopf über so gute Laune am frühen Morgen und das, obwohl der Fall noch nicht mal geklärt war. Aber sie kam nicht dazu, sich länger darüber Gedanken zu machen, denn soeben betrat Lea ebenfalls das Zimmer. Auch sie wirkte ausgesprochen fröhlich.

Na ja, mir soll's recht sein, dachte sich Katja.

Lea räusperte sich. »Ich würde sagen, wir gehen gleich zusammen ins Besprechungszimmer, um einen Plan zu erarbeiten«, meinte sie extrem milde.

Keine zehn Minuten später waren sie schon in die Diskussion des ungelösten Falles vertieft.

Lea sagte: »Wir haben einfach keine Beweise, weder gegen Frau Schiller noch gegen Herrn Berger oder gegen überhaupt jemanden. Es ist zum Verzweifeln, absolute Sackgasse.«

»Aber Lea, das ist kein Grund zum Verzweifeln, wir waren doch schon oft in solchen Situationen, und dann hat sich irgendwo ein Türchen geöffnet und wir sind dem Täter doch noch auf die Schliche gekommen«, meinte Alex gerade, als das Telefon klingelte.

Da Lea keine Anstalten machte, das Gespräch anzunehmen, erledigte Katja das.

»Polizeirevier Schömberg, Sie sprechen mit Katja Augenstein.«

»Ah, das ist ja interessant. Ja, in Ordnung, wir warten. Danke. Auf Wiederhören.«

Nachdem Katja aufgelegt hatte, sah sie ihre ungeduldigen Kollegen an. »Das könnte das Türchen sein, von dem Alex gerade gesprochen hat.«

»Wir müssen dir jetzt aber nicht alles aus der Nase ziehen?«, fragte Alex genervt.

Es sah ganz danach aus, als mache es Katja Spaß, die beiden ein bisschen auf die Folter zu spannen.

Sie erbarmte sich dann aber und berichtete, das sei ein Kollege aus Karlsruhe gewesen, der habe von einem Brief gesprochen, den Angelika Schneider nun, nachdem sie wieder in ihre Wohnung zurückgekehrt war, von ihrer Freundin Elisabeth Eigner zurückbekommen hatte. Diese hatte sich nach Absprache mit Georg Weiß um die Post seiner Mutter gekümmert, als alle dachten, dass Frau Schneider tot sei. Ein paar Tage lang hatte sie die Post einfach liegen gelassen, weil sie sich nicht dazu aufraffen konnte, sich darum zu kümmern. Heute Morgen wollte sie es nicht mehr länger aufschieben. Und da ihre Freundin ja lebt, hat sie ihr die Briefe zurückgegeben.

»Da ist Angelika Schneider dann als erstes dieser Brief in die Hände gefallen«, erklärte Katja ihren verdutzen Kollegen.

»Was für ein Brief?«, fragten beide wie aus einem Munde.

»Ja, keine Ahnung, das hat der Kollege nicht gesagt.«

»Ich fasse es nicht«, schüttelte Alex den Kopf, »da fragt man doch.«

Auch Lea schaute ihre Kollegin missbilligend an.

»Auf jeden Fall, meinte der Anrufer, dass der Brief wichtig für die Aufklärung unseres Falles sein könnte und jemand vom Karlsruher Polizeirevier uns den umgehend vorbeibringen wird«, fuhr Katja unbeirrt fort. Sie hatte in letzter Zeit an Selbstsicherheit gewonnen.

»Na, dann können wir ja nur abwarten, bis der Kollege kommt und solange einen Kaffee trinken«, äußerte sich Lea resignierend, »lasst uns in den Aufenthaltsraum gehen.«

Eine Stunde später traf der Polizeikurier ein und übergab Lea den besagten Brief. Sie ging zu den anderen zurück in den Aufenthaltsraum.

Sie machten sich nicht die Mühe, in das Besprechungszimmer zu gehen.

Lea riss den Brief auf und überflog ihn kurz, dann hob sie den Kopf und sah ihre Kollegen - Saskia hatte sich inzwischen dazu gesetzt - mit fassungslosem Gesichtsausdruck an.

Sie musste sich zunächst hinsetzen und es dauerte eine Weile, bis sie ihre Sprache wiedergefunden hatte, dann sagte sie, fast flüsternd: »So wie es aussieht, haben wir die ganze Zeit versucht, einen Mord aufzuklären, der keiner ist.«

Die andern sahen sie verständnislos an.

»Nun sag schon«, drängte Alex.

Lea fing an, hysterisch zu lachen, gab dann aber nach. »Okay, ich lese euch diesen Brief jetzt vor.«

Katja, die inzwischen am Fenster stand, setzte sich schnell wieder hin und alle sahen Lea voller Erwartung an, als diese anfing laut zu lesen:

„Liebe Angelika, Du wirst diesen Brief erst erhalten, wenn ich es geschafft habe. Ich habe es schon mehrfach versucht, aber einfach nicht über mich gebracht. Sollte es dieses Mal klappen, dann habe ich noch genug Zeit, den Brief zur Post bringen zu lassen, denn so schnell wirkt das Rattengift nicht. Ich kann mit dem Wissen, was ich in meinem Leben alles angerichtet habe, einfach nicht mehr weiterleben. Außerdem habe ich Dich verloren und Du bist, außer Georg natürlich, das Wichtigste in meinem Leben. Leider habe ich das erst zu spät bemerkt. Dazu kommt, dass Petra mir nicht verzeihen kann, dass ich ihr Leben zerstört habe. Es ist mir bewusst, dass ich ein egoistischer, schrecklicher Mensch gewesen bin.

Ich habe mich, denke ich, in den letzten Jahren geändert, aber das ist nun leider zu spät. Das weiß ich jetzt auch! Ich möchte mich auch nicht mit meiner schlechten Kindheit entschuldigen.
Wie Du weißt, war mein Vater sehr grausam und hat auch mich immer geschlagen, aber ich hatte die Chance, es besser zu machen und habe es nicht geschafft. Aber eines musst Du wissen, ich habe immer nur Dich geliebt, bis zum heutigen Tag! Vielleicht sehen wir uns wieder, in einem anderen Leben.
Es ist mir wichtig noch klarzustellen - damit kein falscher Verdacht entsteht -, dass ich das Gift aus dem Keller meines Sohnes geholt habe. Das habe ich tatsächlich - mit Hilfe eines Taxifahrers - geschafft. Und damit der Brief auch wirklich in Deine Hände kommt, schicke ich ihn Dir per Post.

In ewiger Liebe,
Dein Heinz!"

Totenstille herrschte im Aufenthaltsraum.
Es dauerte einige Minuten, bis Katja den Anfang machte und etwas sagte.

»Das ist ja der Hammer. Meint ihr, dass der Brief echt ist? Ich meine, Heinz Weiß könnte ihn ja auch unter Zwang geschrieben und das Gift zu sich genommen haben. Zum Beispiel, wenn ihn jemand mit einer Waffe bedroht hätte.«

»Du spinnst, ich glaube zu schaust dir zu viele Krimis an«, meinte Alex spöttisch.

Lea allerdings nahm sie ernst.

»Hundertprozentig ausschließen kann man das natürlich nicht, aber das kommt mir doch ziemlich weit hergeholt vor, so wie der Brief geschrieben ist. Das erklärt natürlich auch, warum er nicht zum Arzt gegangen ist, denn dazu hätte er noch genug Zeit gehabt, weil er - laut Gerichtsmediziner - zuerst nur Einblutungen in den Schleimhäuten und der Haut hatte. Das ist auch ein Beweis dafür, dass er sterben wollte. Ich denke nicht, dass jemand ihn stundenlang mit der Waffe bedroht hat. Bei der gerichtsmedizinischen Untersuchung hatte auch nichts auf Gewalteinwirkung hingedeutet.«

Auf einmal lächelte sie. »Leute, wisst ihr eigentlich, dass wir den Fall gelöst haben? Wenn wir auch die ganze Zeit auf Irrwegen waren und zur Lösung nicht viel beitragen konnten.«

Nun mischte sich Alex ein: »Ich bin auf jeden Fall froh, dass es nicht Frau Schiller war, und überhaupt, dass niemand bestraft werden muss, für eine Tat, für die ich vollstes Verständnis gehabt hätte.«

Katja und Saskia nickten zustimmend und auch Lea sah zufrieden aus.

»Übrigens Lea, es tut mir leid, dass ich bei der Befragung mit Frau Eigner so unkonzentriert war, das hat uns zusätzlich Arbeit gemacht«, äußerte sich Katja zerknirscht.

»Ach was, deshalb hätten wir den Fall trotzdem nicht früher aufgeklärt. Außerdem kann das jedem mal passieren«, lenkte Lea ein.

»Fällt euch was auf?«, fragte Saskia.
Die drei schüttelten ihre Köpfe.

»Der Rauschmayer hat seit mindestens 48 Stunden nicht mehr angerufen.«

Alle prusteten los. »Dann werde ich ihm jetzt zuvor kommen, sonst taucht der vielleicht noch hier auf«, meinte Lea und griff zum Telefon.

Nachdem sie mit dem etwas irritierten Kriminaldirektor gesprochen hatte, fragte Katja: »Und nun? Gehen wir jetzt feiern?«

Lea und Alex sahen sie entsetzt an und erwiderten gleichzeitig: »Montags geht man doch nicht feiern.«

»Außerdem bin ich hundemüde«, fügte Lea mit einem angedeuteten Gähnen hinzu. Alex nickte zustimmend.

»Ich werde jetzt noch Herrn Weiß und seine Mutter informieren und Frau Schiller mitteilen, dass sie entlastet ist, und dann nach Hause gehen«, sagte sie und erhob sich. Alex tat es ihr gleich. »Also ich werde auch nach Hause gehen, also zu meinem Zuhause gehen«, stotterte er rum.

Lea sah ihn etwas ärgerlich an, musste dann aber doch lächeln. Katja und Saskia taten so, als ob sie nichts bemerkt hätten.

Nachdem Lea und Alex sich verabschiedet und das Polizeirevier verlassen hatten, schaute Saskia die Oberkommissarin fragend an. »Was meinst du? Sollen wir Rudi nicht heute Abend einen Besuch abstatten?«

»Hm, ich glaube eher nicht. Ich bin auch müde. Ich denke, ich werde ebenfalls nach Hause gehen«, druckste die Freundin herum. Sie hatte beschlossen, Rudi in den paar Tagen, bis er zur

Reha kommen würde, nicht mehr zu besuchen, um etwas Abstand zu gewinnen. Aber das wollte sie der Sekretärin so nicht sagen.

Diese schüttelte nur verständnislos den Kopf, wohl wissend, was Katja für ihren Kollegen empfand. Da sie aber auch wusste, dass es verlorene Liebesmühe wäre, mit ihr darüber zu sprechen, sagte sie nur: »Wie du meinst. Gehst du dann wenigstens am Samstag mit mir in eine Disko und machst mal so richtig die Nacht mit mir durch?«

»Auf jeden Fall!« Katja strahlte.

Ende

Dank:

Ich bedanke mich bei meinem Mann Peter, der von Anfang an mein Buch mitgelesen und mich unterstützt hat.

Bei meinen Söhnen Nico und Marvin. Ich danke Euch, dass Ihr immer an mich glaubt.

Danke meinen Probelesern Christina Bischoff, Carola Büchner, Gerhard Broichmann und meinem Vater Erich Ziefle.

Auch bei Miriam Flinspach und Axel Büchner, die mich ebenfalls sehr unterstützt haben, möchte ich mich herzlich bedanken.

Mein besonderer Dank gilt Claudia Mackiewicz, Dittmar Huniar und Frau B. Eichkorn für das Korrektorat und Lektorat!

Dank auch an Gertrude Gebauer, die mein Buch mit der Mauszeichnung verschönert hat!

Und allen meinen Freundinnen, meinem Bruder und meinen Lesern, die gespannt auf mein Buch warten und es lesen werden, ein herzliches Danke!

Manuela Kusterer

Rache oder Wahnsinn

Lea und ihr Team
Dritter Fall

Schwarzwaldkrimi

Seiten: 164
ISBN: 9 783744867719

Rache oder Wahnsinn

Ein neuer Fall nimmt das Schömberger Polizeiteam voll und ganz in Anspruch. Zwei Personen werden ermordet aufgefunden. Ist es Zufall, dass beide dem gleichen Freundeskreis angehören? Gehört der Mörder vielleicht auch dazu? Hauptkommissarin Lea Sonntag ist überfordert. Dazu kommt, dass sie sich seit einigen Tagen krank und antriebslos fühlt. Außerdem bringt sie sich durch einen unachtsamen Moment in große Gefahr. Werden ihre Kollegen sie rechtzeitig finden?

Leseprobe:

Montag

Schömberg

Fröstelnd zog Lea Sonntag die Schultern hoch, als sie die paar hundert Meter zwischen ihrer Wohnung und ihrer Dienststelle zurücklegte. Es war Anfang November und ungewöhnlich kalt für diese Jahreszeit. Der Kurort Schömberg befand sich zwar auf 600 Höhenmetern, aber Lea konnte sich nicht erinnern, dass es zu diesem Zeitpunkt jemals so eiskalt gewesen war, oder lag es vielleicht nur an dem starken Wind, der ihr ins Gesicht peitschte? Mit gesenktem Kopf, um sich vor der Kälte zu schützen, beeilte sie sich nach Hause zu kommen. Sie wurde jäh aus ihren Gedanken gerissen, hätte sie doch fast eine Frau umgerannt. »Entschuldigung«, murmelte sie vor sich hin, als die Frau erfreut ausrief: »Das gibt es doch gar nicht! Lea bist du das? Was machst du denn hier?«
Lea schaute genauer hin und musste lächeln. »Hallo Nina, schön dich zu sehen. Du wohnst

also wieder hier? Und hast dich überhaupt nicht verändert«, fügte sie noch hinzu.

»Nicht ganz, ich wohne jetzt in Langenbrand«, antwortete Nina. »Mich zieht es einfach immer wieder hierher zurück«, meinte sie lachend. Nina war in Schömberg aufgewachsen und lebte dort mit ihren Eltern bis sie zum Studieren nach Heidelberg gegangen war.

Lea hatte Nina kennengelernt, als sie auf der Polizeischule in Bruchsal gewesen war. Sie hatten sich im Café eines Buchladens - Lea hatte damals einen Ausflug nach Heidelberg gemacht - zufällig getroffen und angefreundet. Nina studierte Psychologie und die beiden verstanden sich von Anfang an. Lea fühlte sich sofort von ihrer fröhlicher, lebenslustiger Art angezogen. Sie selbst hatte damals sonst keine Freunde gehabt, da sie eher ein zurückhaltender Mensch war. Die beiden könnten unterschiedlicher nicht sein. Nina schaffte es immer wieder, Lea zu irgendwelchen verrückten Sachen zu überreden, und auch sonst war sie allem und jedem gegenüber offen gewesen. Nach ihrem Studium ließ sie so manches gebrochene Männerherz in Heidelberg zurück. Leider hatte Lea danach ihre Freundin

aus den Augen verloren. Umso mehr freute sie sich nun aufrichtig, Nina wieder zu sehen, und fragte auch sogleich: »Magst du mit zu mir kommen und einen Kaffee mit mir trinken? Ich wohne gleich da vorne.« Sie deutete auf das Zweifamilienhaus, in dem sie eine schöne Maisonette-Wohnung gemietet hatte.
»Echt? Du wohnst hier?«, strahlte Nina. »Na klar komme ich mit. Was hat dich denn hierher verschlagen? Die Liebe?«
»Nein, der Beruf.«
»Waaas, nein, du bist die Hauptkommissarin hier? Hab schon viel von der Polizeichefin gehört, bin aber gar nicht auf die Idee gekommen, dass du das sein könntest. Niemand hat deinen Namen genannt. Bei allen heißt du nur die Neue«, druckste Nina herum.
»Na, so neu bin ich jetzt auch nicht mehr. Immerhin bin ich schon seit Januar hier.«
»Auf jeden Fall haben wir uns eine Menge zu erzählen und sollten diese Gelegenheit nutzen, unsere Freundschaft wieder aufzufrischen. Ich hab dich echt vermisst«, strahlte Nina und hakte sich bei Lea ein. Inzwischen hatten sie das Haus

erreicht, in dem Lea wohnte, und verschwanden darin, sich aufgeregt unterhaltend und lachend.

...

Lea lag entspannt auf ihrem kleinen Sofa. Sie hatte zwei unterhaltsame Stunden bei Kaffee und Kuchen - den sie später noch aus dem Café Talblick geholt hatte - mit Nina verbracht. Sie hörte, wie die Haustür aufgeschlossen wurde. Alex kam nach Hause. Eigentlich wohnte ihr Kollege Alexander Wandhoff in Engelsbrand und hatte seine eigene Wohnung, aber er verbrachte die meiste Zeit bei ihr.

Als Lea im Januar zur Kriminalinspektionsleiterin befördert und nach Schömberg versetzt worden war, war Alex alles andere als glücklich darüber gewesen, denn er hatte selbst auf den Posten gehofft. Die Zusammenarbeit erwies sich als schwierig, da Lea und Alex sich selten einig waren. Zudem knisterte es zwischen ihnen und das hatte sie sich lange Zeit nicht eingestanden. Während der Aufklärung ihres zweiten Falles hatte sie schließlich ihren Gefühlen nachgegeben

und eine Beziehung mit ihm angefangen. Allerdings bestand sie darauf, es vorerst vor den anderen Kollegen geheim zu halten. Immerhin gab sie Alex einen Haustürschlüssel zu ihrer Wohnung, damit er ein- und ausgehen konnte, wie er wollte.
»Hallo Maus, du bist ja heute früh nach Hause gegangen. Das kennt man gar nicht von dir«, rief er, während er sich gleich im offenen Eingangsbereich seine Schuhe auszog. Das hatte er sich angewöhnt, weil Lea sehr großen Wert auf Sauberkeit und Hygiene legte und er nicht ständig darüber diskutieren wollte.
»Hallo, ich bin nicht deine Maus«, antwortete sie kopfschüttelnd. »Gewöhne dir das endlich ab.«
Inzwischen hatte Alex sich bei Lea auf dem Sofa niedergelassen, küsste sie und stellte besorgt fest, dass sie irgendwie krank aussah. »Du siehst blass aus! Geht es dir nicht gut?«, fragte er deshalb.
»Doch, alles gut. Ich habe zwei wunderbare Stunden mit meiner alten Freundin Nina verbracht. Allerdings bin ich zurzeit etwas müde, darum bin ich auch so früh nach Hause gegangen. Wir haben im Moment eh nicht viel zu tun.«
»Nina, wer ist Nina?« Alex sah seine Freundin fragend an. »Du hast nie etwas von ihr erzählt?«

»Nein, ich glaube nicht. Wir hatten auch lange keinen Kontakt. Wir haben uns in einem Café in Heidelberg kennengelernt und viel zusammen unternommen. Das war in der Zeit, als wir in der Ausbildung waren«, antwortete sie auf seine Frage. Alex und Lea kannten sich schon von der Polizeischule, waren aber nicht befreundet gewesen. Lea konnte ihn damals noch nicht mal besonders gut leiden, was sie heute natürlich nicht mehr verstehen konnte.

Alex dachte kurz nach. »Nein, ich habe dich immer nur alleine gesehen und außerhalb der Ausbildungszeiten hast du dich ja sowieso ziemlich rar gemacht«, meinte er schmunzelnd.

»Ich bin eben schon immer eher eine Einzelgängerin gewesen«, seufzte Lea. »Auf jeden Fall haben wir vorhin Kaffee getrunken und über alte Zeiten geplaudert. Das war schön, aber jetzt bin ich schon wieder müde.«

»Du solltest zum Arzt gehen.«

»Ich kenne hier überhaupt keinen Arzt«, entgegnete Lea.

»Hier im Ort gibt es den Dr. Burfeind. Der hat einen guten Ruf und da gehst du morgen hin und wenn ich dich hinschleppen muss!«, bestimmte Alex.

»Wir werden sehen«, meinte sie ausweichend.

Nach einer kurzen Pause äußerte sich Alex: »Wann möchtest du eigentlich mal unsere Kollegen darüber informieren, dass wir zusammen sind? Ich bin es langsam leid, immer so zu tun, als ob ich morgens von Engelsbrand angefahren komme.«

»Können wir uns das nicht ein anderes Mal überlegen, wenn es mir wieder besser geht«, antwortete Lea genervt.

»Du hast aber auch immer wieder Ausreden. Manchmal glaube ich, dass du es gar nicht ernst mit uns meinst«, entgegnete Alex ärgerlich. Wie so oft in letzter Zeit, drohte deswegen ein Streit auszubrechen. »So langsam verstehe ich, warum die Beziehung zu deinem Gerichtsmediziner gescheitert ist«, fügte er ärgerlich hinzu.

»Das muss ich mir nicht anhören«, mit diesen Worten sprang Lea vom Sofa auf, funkelte Alex böse an und meinte: »Vielleicht ist es besser, wenn du heute zu Hause übernachtest, dann brauchst du morgen schon nicht nur so zu tun, als ob du von dort kommst.«

Das ließ sich Alex nicht zweimal sagen und verließ, die Haustür laut zuknallend, das Haus. Das war der erste richtig große Streit in ihrer dreimonatigen Beziehung.

Dienstag

Polizeirevier

Das Polizeiteam hatte sich rings um den länglichen Tisch im Besprechungszimmer versammelt. Lea und Alex saßen auf der einen Seite mit dem Rücken zum Fenster und Rudolf Engel - von allen nur Rudi genannt - saß zusammen mit Katja Augenstein auf der anderen Seite. Lea wollte gerade mit der täglichen Besprechung beginnen, als die Tür aufgerissen wurde und Saskia, die Sekretärin, in letzter Minute hereinstürmte, um auch daran teilzunehmen. Lea legte großen Wert auf die morgendliche Besprechung und ebenfalls darauf, dass die Sekretärin dabei war. Nach dem gestrigen Streit mit Alex war Leas Laune nicht gerade die beste, deshalb begrüßte sie Saskia dementsprechend: »Ich erwarte, dass du morgens pünktlich hier erscheinst, sonst kannst du das nächste Mal gleich vorne im Empfangsbereich bleiben. Und wenn das öfters vorkommt, dann wird es Konsequenzen haben.«

Verstört schaute Saskia ihre Chefin an, denn so kannte sie Lea gar nicht, sagte aber nichts und setze sich leise an die Stirnseite des Tisches.

»Da es im Moment glücklicherweise nicht allzu viel zu tun gibt und es auch keine größeren Vorfälle gegeben hat, schlage ich vor, dass jeder seine Aufgaben, die ich gestern verteilt habe, bearbeitet«, fuhr Lea fort. »Außerdem könntet ihr euch überlegen, euren restlichen Urlaub für dieses Jahr zu nehmen, natürlich abwechselnd. Dazu wäre jetzt die richtige Zeit. Also, dann bis später.« Lea erhob sich, um den Raum zu verlassen, musste sich aber kurz am Tisch festhalten, weil ihr schwindelig wurde. Sie und Alex hatten es bis zu diesem Zeitpunkt vermieden, sich gegenseitig anzuschauen. Jetzt sprang er aber auf, ging zu Lea und meinte: »So, es reicht! Du gehst jetzt zum Arzt. Ich bringe dich hin!«

Lea wollte gerade etwas dagegen erwidern, als das Telefon klingelte. Rudi nahm das Gespräch entgegen. »Polizeirevier Schömberg, Sie sprechen mit Rudolf Engel.«

Für Lea hörte sich alles, was Rudi sagte, ganz weit entfernt an. Inzwischen hatte sie sich wieder hingesetzt und hörte weiterhin, wie durch einen Nebel, wie Rudi am Telefon sagte: »Ja, in Ordnung, wir kommen sofort!«

Nachdem er aufgelegt hatte, wandte er sich an seine Kollegen: »In Langenbrand ist eine junge Frau in ihrem Haus tot aufgefunden worden. Im Turmweg 39. Es sieht nach Mord aus.«

Jegliche Farbe war aus Leas Gesicht gewichen, sie stammelte nur noch: »Da wohnt doch Nina«, dann sackte sie auf dem Stuhl zusammen. Alex konnte sie gerade noch auffangen. Mit Rudis Hilfe schleppte er sie in den Gang, wo sich direkt vor der Tür zum Vernehmungszimmer ein kleines Sofa befand. Vorsichtig legten sie Lea dort hin. Inzwischen schlug sie auch schon wieder die Augen auf, schaute verwirrt ihre Kollegen an und fragte: »Was ist passiert?«

»Du warst kurz ohnmächtig«, antwortete Alex und versuchte seiner Stimme einen ruhigen Klang zu verleihen. Dann kam bei Lea die Erinnerung zurück. Sie versuchte sich aufzusetzen.

»Die Tote, das ist Ninas Adresse. Wir müssen da sofort hin!«

»Du musst gar nirgendwo hin«, antworteten Alex und Rudi wie aus einem Munde.

Katja, die sich bis jetzt zurückgehalten hatte, meinte nun: »Ich kann doch mit Lea zum Arzt gehen.« Alle wussten, dass Katja keine Leichen sehen konnte. Wenn sie sich nochmals für einen Beruf entscheiden müsste, würde sie niemals mehr den Polizeiberuf wählen. Das war ihr in letzter Zeit klar geworden. Allerdings fühlte sie sich wohl hier im Schömberger Team und die Kollegen versuchten, ihr den Anblick von Leichen am Tatort zu ersparen, wann immer es ging. Glücklicherweise passierten hier in ihrem zuständigen Bereich nicht so viele Morde.

Schließlich traf Alex eine Entscheidung und ordnete an: »Okay, du gehst mit Lea zu Dr. Burfeind. Ich werde mit Rudi nach Langenbrand fahren. Wir müssen zunächst mal klären, ob es sich überhaupt um einen Mordfall handelt.«

...

Katja saß im Wartezimmer von Dr. Burfeind. Während sie auf ihre Chefin wartete, hing sie ihren Gedanken nach. Schon wieder eine Leiche. Da passierte jahrelang überhaupt nichts in dem kleinen Kurort und dieses Jahr gab es gleich drei

Tote. Und dann ging es auch noch Lea schlecht. Hoffentlich war sie nicht ernsthaft krank.

Ah, da kommt sie ja schon, dachte Katja, als sie sah, dass ihre Chefin aus dem Behandlungszimmer gekommen war. »Die sieht ja noch blasser aus als vorher«, stellte sie erschrocken fest. Da kam Lea auch schon ins Wartezimmer, nickte ihrer Kollegin kurz zu, ging zur Garderobe, riss ihre Jacke vom Bügel und marschierte leicht schwankend nach draußen. Katja folgte ihr wortlos. Erst als sie draußen angekommen waren, fragte sie: »Was ist los? Was hat Dr. Burfeind gesagt?«

»Nix, alles in Ordnung«, murmelte Lea und lief weiter Richtung Apotheke.

»Soll ich dir etwas aus der Apotheke holen?«, bot Katja ihr an.

Abrupt blieb Lea stehen - Katja wäre fast auf sie drauf geprallt - und meinte: »Du bleibst hier, ich mach das alleine.« Und schon war sie hinter der Tür verschwunden.

Katja schaute ihr kopfschüttelnd hinterher.

In letzter Zeit war die früher oft launische Lea eigentlich ganz umgänglich geworden.

Saskia, die Sekretärin - mit der Katja sich angefreundet hatte - und sie vermuteten, dass Lea ein Verhältnis mit ihrem Kollegen Alexander Wandhoff hatte. Ganz sicher waren sie sich allerdings nicht.

Langenbrand

Rudi und Alex betraten das Haus in Langenbrand, in dem Nina Berends wohnte. Als Alex den Gerichtsmediziner Hans-Peter Balbach entdeckte, konnte er sich ein paar spöttische Gedanken nicht verkneifen. Immer wenn es hier in ihrem Zuständigkeitsbereich eine Leiche gab, schien Dr. Balbach Dienst zu haben. Alex vermutete, dass der Gerichtsmediziner das so einrichtete, weil er Lea, mit der er ein paar Wochen zusammen gewesen war, sehen wollte.
Da hat er sich heute allerdings geschnitten, dachte Alex nicht ganz ohne Schadenfreude.
Balbach riss ihn aus seinen Gedanken. »Guten Morgen«, murmelte der meistens etwas brummige Gerichtsmediziner und schaute sich suchend um, ob nach den beiden nicht doch noch Lea hereinkommen würde. Rudi, der das ebenfalls bemerkte, sagte deshalb an ihn gewandt: »Frau

Sonntag ist heute nicht dabei. Es geht ihr nicht gut. Unsere Kollegin, Frau Augenstein ist mit ihr zum Arzt gegangen.«

Bestürzt sah Hans-Peter Balbach ihn an und fragte auch sogleich: »Hoffentlich nichts Ernstes?«

»Das hoffen wir auch nicht«, meinten Alex und Rudi wie aus einem Munde.

Als sich Balbach sich wieder gefangen hatte, begann er zu berichten: »Also bei der Toten handelt es sich um Nina Berends, 38 Jahre alt, alleinstehend. Sie wurde eindeutig im Schlaf erstickt. Todeszeitpunkt ist ungefähr zwischen 2 und 4 Uhr morgens. Das Kissen lag noch auf ihrem Gesicht. Es gibt keinerlei Anzeichen dafür, dass sie sich gewehrt hat. Das lässt darauf schließen, dass sie tief und fest geschlafen hatte, als der Täter oder die Täterin ihr das Kissen aufs Gesicht drückte.«

»Ach herrje«, äußerte sich Alex betroffen. »Das ist eine Freundin von Lea. Wie soll ich ihr beibringen, dass es sich tatsächlich um Nina handelt. Sie haben sich gestern nach langer Zeit wieder getroffen und ein paar nette Stunden miteinander verbracht.«

Nun wirkte auch Balbach ziemlich betroffen. Seine sonstige Arroganz hatte sich vollkommen verflüchtigt.

»Dann kann man also nicht sagen, ob es eine männliche, oder eine weibliche Person gewesen ist, die Frau Berends umgebracht hat«, wollte Rudi nun wissen.

»Nein, das kann man nicht, denn einer schlafenden Person ein Kissen auf das Gesicht zu drücken, dazu braucht man nicht sehr kräftig zu sein.«

Alex ging zu einem der Kollegen von der Spurensicherung und erfuhr, dass die Haustür zu dem kleinen Einfamilienhäuschen - das Nina Berends alleine bewohnt hatte - keinerlei Einbruchsspuren aufwies. Der Täter musste also einen Schlüssel gehabt haben oder von Nina Berends, bevor sie ins Bett gegangen war, hereingelassen worden sein.

Erst jetzt bemerkte Alex die junge Frau, die wie ein Häufchen Elend auf dem Stuhl im Esszimmer saß, und fragte leise den Kollegen: »Und wer ist das?«

»Das ist die Freundin der Toten. Sie hat Frau Berends gefunden. Sie waren zum Frühstück verabredet gewesen. Nachdem ihre Freundin nicht aufgemacht hat, holte sie sich den Schlüssel - den die Tote unter einem Stein im Garten versteckt hatte - und konnte so ins Haus gelangen. Nachdem sie mehrfach gerufen hatte, ist sie dann ins Schlafzimmer gegangen und hat Nina Berends gefunden. Sie steht unter Schock. Ich habe psychologische Betreuung angefordert. Die müsste eigentlich jeden Moment eintreffen.«

»Okay, dann werde ich mich solange um sie kümmern«, antwortete Alex und ging gefolgt von Rudi - der sich inzwischen zu ihnen gestellt hatte - auf die etwa 40-jährige Frau zu.

»Guten Tag, Kriminalpolizei Schömberg. Mein Name ist Alexander Wandhoff und das ist mein Kollege Rudolf Engel«, stellte Alex sich vor.

Aber die Frau machte keinerlei Anstalten sich ebenfalls vorzustellen und schaute Alex nur mit leerem Blick an. Deshalb schob Rudi seinen Kollegen zur Seite, zog sich einen zweiten Stuhl heran und setze sich direkt neben sie.

Nach einer kurzen Pause sprach er in sanftem Tonfall zu ihr: »Ich weiß, dass das ein Schock für sie ist. Ich versichere Ihnen, dass wir alles tun werden, um den Mörder ihrer Freundin zu finden.

Dazu brauchen wir aber Ihre Hilfe. Nicht jetzt gleich, aber in den nächsten Tagen. Würden Sie mir Ihren Namen verraten?«

Erst jetzt schien sie etwas aus ihrer Schockstarre zu erwachen und schaute Rudi an. »Cornelia Ahrend«, antwortete sie knapp.

Alex musste mal wieder feststellen, dass es mit seiner Einfühlsamkeit bei Frauen nicht so weit her war und schaute seinen Kollegen voller Bewunderung an. Das war es dann aber auch schon, Frau Ahrend war wieder in sich zusammengesunken. Rudi wollte schon aufgeben, als sie leise vor sich hinstammelte: »Ich bin schuld, dass Nina jetzt tot ist!«

»Wie kommen Sie darauf?«, fragte nun Alex, der immer noch neben ihr stand.

Cornelia Ahrend hob den Kopf, schaute ihn mit verzweifelten Blick an und meinte: »Nina fühlte sich bedroht und wollte heute Nacht eigentlich bei mir übernachten, aber ich hatte eine Verabredung, die mir wichtig war und sagte zu ihr, dass sie sich das bestimmt nur einbilden würde und doch lieber zu Hause schlafen solle, weil ich die Hoffnung hatte, dass ich die Nacht nicht alleine in meiner Wohnung verbringen würde.« Frau

Ahrend schlug die Hände vors Gesicht, schluchzte auf und weinte hemmungslos. Alex sah ratlos seinen Kollegen an. Der wollte gerade etwas zu Cornelia sagen, als ein Mann und eine Frau von der Notfallseelsorge den Raum betraten und auf sie zukamen. Die beiden stellten sich vor. Die Frau bat Rudi, aufzustehen, und setzte sich selbst neben Cornelia Ahrend, wartete einen Moment, legte dann die Hand auf ihren Arm und sprach leise und beruhigend auf sie ein. Nach kurzer Zeit beruhigte sich Cornelia. Rudi und Alex sahen ein, dass sie da heute nicht mehr weiterkommen würden, deshalb legte Alex seine Visitenkarte vor Frau Ahrend auf den Tisch und sagte zu ihr:

»Bitte kommen Sie doch morgen, wenn es Ihnen etwas besser geht, zu uns aufs Revier, wir müssen dringend mit Ihnen sprechen.«

Cornelia sah ihn kurz an und nickte. Die Frau von der Notfallbetreuung meinte: »Ich kümmere mich darum. Heute braucht Frau Ahrend absolute Ruhe.«

Alex und Rudi verließen das Haus, nachdem sie sich von Cornelia, von den Notfallbetreuern und den Polizeibeamten der Spurensicherung verabschiedet hatten. Der Gerichtsmediziner war schon gegangen, ohne ‚auf Wiedersehen' zu sagen.

Manuela Kusterer

Hass oder
Verzweiflung

Lea und ihr Team
Vierter Fall

Schwarzwaldkrimi

Seiten: 196
ISBN: 9 783752877878

Ein Mann wird im Nordschwarzwald tot in seinem Auto aufgefunden. Dass es Mord war, steht schnell fest. Das Schömberger Polizeiteam wird informiert und nimmt die Ermittlungen auf. Da bleibt keine Zeit mehr, sich in Ruhe an die neue, hübsche Kollegin zu gewöhnen. Als kurze Zeit später eine Frau auf die gleiche Art und Weise ermordet aufgefunden wird, verbreitet sich die Angst, dass der Täter noch einmal zuschlagen könnte. Wird das Team weitere Morde verhindern können?

Manuela Kusterer

Das Schweigen im Schwarzwald

Lea und ihr Team
Erster Fall

Schwarzwaldkrimi

Seiten: 164
ISBN: 978-3-756-83309-2

Hauptkommissarin Lea Sonntag und ihr Team ermitteln in einem Mordfall. Ausgerechnet in dem idyllischen Kurort Schömberg, an der Pforte zum Schwarzwald, wird eine Leiche gefunden. Lea, die geplant hat, mit ihrem Freund in den Urlaub zu fliegen, muss sich entscheiden. Wird sie ihren Urlaub abbrechen und ihre Kollegen Alex, Rudi und Katja unterstützen? Da ihre Beziehung auf wackeligen Beinen steht, fällt ihr diese Entscheidung schwer. Als dann aber auch noch eine Frau spurlos verschwindet, gibt es nicht mehr viel zu überlegen. Vielleicht zählt jede Stunde, um das Leben der Vermissten zu retten. Das Polizeiteam stößt an seine Grenzen. Hängen diese beiden Fälle überhaupt zusammen? Außerdem machen Lea die kleinen Meinungsverschiedenheiten mit ihrem Kollegen Alex das Leben nicht gerade leichter.

Weitere Kriminalromane der Autorin:

Wer nicht vergessen kann, muss töten
Seiten: 208
ISBN:9783735721549

Es ist nicht das erste Mal, dass Privatermittler Andreas Stahl einen Drohbrief bekommt. Aber dieses Mal spürt er die Gefahr greifbar nahe. Der Verfasser des Briefes droht, sein Leben zu zerstören. Acht Wochen danach verschwindet seine Frau spurlos. Die Polizei unternimmt nichts, weil es keine Anzeichen für ein Verbrechen gibt.
In Pforzheim wird eine Frau auf entsetzliche Weise ermordet. Für die Ermittlungen ist das Polizeirevier Pforzheim zuständig. Das Team befürchtet, dass das erst der Anfang ist.
Nachdem Stahl von seiner totgeglaubten Frau einen verzweifelten Anruf bekommt, beginnt er die Suche nach ihr. Die Spur führt ins Ausland. Im Zuge der Ermittlungen kreuzen sich die Wege des Detektivs aus Karlsruhe und der im Mordfall ermittelnden Polizeibeamten. Hat das Verschwinden von Margarete etwas mit dem Fall zu tun?

Gefährliche Entscheidung

Seiten: 308
ISBN: 9783751937092

Wie eine falsche Entscheidung das Leben verändern kann…

In Pforzheim fühlt sich Luisa Kessler beobachtet und verfolgt. Nach dem Tod ihres Mannes versucht sie, sich zusammen mit ihrer Tochter Annabelle ein neues Leben aufzubauen. Als sie gerade beginnt wieder glücklich zu sein, erhält sie eine Nachricht, die ihre ganzen Pläne ändert. Ungefähr zur gleichen Zeit wird in Berlin eine Studentin bestialisch ermordet.
Nachdem eine weitere junge Frau auf die gleiche Art und Weise ermordet aufgefunden wird, ermittelt das Polizeiteam auf Hochtouren. Bald wird Hauptkommissarin Maren Westphal und ihrem Kollegen klar, dass es der Täter noch auf ein weiteres Opfer abgesehen hat. Es ist ein Wettlauf mit der Zeit.

Gefährlicher Deal
Seiten: 212
ISBN: 978-3-7534-8162-3

Gefahr, Geld und Liebe...

Nach einem Treffen mit den Eltern ihres Verlobten verschwindet Gabriele spurlos. Auf der Suche nach ihr hat Raphael einen schweren Verkehrsunfall und liegt im Koma. Als er sich etwas erholt hat, erfährt er, dass seine Freundin wie vom Erdboden verschluckt ist. Verzweifelt versucht er sie zu finden. Dabei hilft ihm Sophie, die er vor Kurzem kennengelernt hat. In einem unbedachten Moment begibt sich diese in große Gefahr und bleibt ebenfalls verschwunden. Nun muss sich Raphael um beide Frauen sorgen. Zeitgleich ermitteln Hauptkommissarin Maren Westphal und ihr Kollege in einem heiklen Fall. Eine junge Frau, die niemand vermisst, wird tot aufgefunden. Hängt das Verschwinden von Gabriele und Sophie damit zusammen? Wird Raphael und das Berliner Polizeiteam sie rechtzeitig finden? Oder droht ihnen das gleiche Schicksal wie der Unbekannten?

Mörderische Zeiten

Seiten: 264
ISBN: 978-3-758-31124-6

Neuanfang

Lisa Breuer lässt ihr altes Leben in Berlin hinter sich und hofft auf einen Neuanfang in Remchingen. Die Hauptkommissarin hat sich mit Erfolg auf eine freie Stelle im Pforzheimer Polizeipräsidium beworben. Viel Zeit zum Eingewöhnen bleibt ihr nicht, denn recht schnell muss sie sich mit einem ungeklärten Todesfall auseinandersetzen. Da es bald noch weitere Tote gibt, kommt die Polizeibeamtin kaum dazu, über ihre eigenen Probleme nachzudenken. Sie muss privat eine Entscheidung treffen, verdrängt diese aber solange, bis sie von der Vergangenheit eingeholt wird. Nicht immer handelt Lisa kühl und überlegt und bringt sich dadurch selbst in Gefahr…